Sarah Chiche est l'auteure de plusieurs romans et essais. Son quatrième roman, *Saturne*, sélectionné par les prix littéraires les plus prestigieux, a rencontré un grand succès public et critique.

DU MÊME AUTEUR

L'Inachevée
Grasset, 2008

L'Emprise
Grasset, 2010

Personne(s)
d'après le livre de l'intranquillité de Fernando Pessoa
Éditions nouvelles Cécile Defaut, 2013

Éthique du mikado
Essai sur le cinéma de Michael Haneke
PUF, 2015

Une histoire érotique de la psychanalyse
De la nourrice de Freud aux amants d'aujourd'hui
Payot, 2018

Les Enténébrés
Seuil, 2019

Sarah Chiche

SATURNE

ROMAN

Éditions du Seuil

ISBN 978-2-7578-8845-2

Aux vulnérables et aux endeuillés.

Prologue

On entrait dans l'automne. Ils le veillaient depuis deux jours. Au matin du troisième jour, les ténèbres tombèrent sur leurs yeux. Sa mère était affaissée sur une chaise dans un coin de la chambre. Elle avait, posé sur les genoux, un mouchoir rougi de sang. Son père, à son chevet, lui caressait le front, comme on berce un tout petit enfant. Sa femme lui tenait la main. Ses doigts étaient bleuis de froid. Ses joues, livides. Elle brûlait de sa beauté blonde, un peu sale, dans une robe trop somptueuse. Il était étendu, inerte, enfermé en lui-même, sans plus de possibilité de parler autrement qu'en écrivant sur une ardoise qu'il gardait à portée de main. On avait placé une sonde dans sa trachée, reliée à un respirateur artificiel ; un tuyau lui sortait du nez. De temps en temps, ses yeux allaient du scope sur lequel on pouvait suivre le rythme de son cœur, le taux d'oxygène dans son sang, sa tension artérielle et sa température, au visage de sa femme, puis ils revenaient sur le scope, puis au visage de sa femme. Il la regarda. Il la regardait. Ses yeux. Ses mains. Ses lèvres. Leurs silences. Leurs mots. Leurs joies. Leurs chagrins. Leurs souvenirs. Il sentait la pression de ses doigts sur les siens. Il regarda sans doute cette main agrippée à la sienne de la même manière que lorsqu'elle était au bord de jouir, qu'il prenait son visage entre ses paumes pour l'embrasser, qu'elle liait ses doigts aux siens, penchant la tête de côté, cachant ses yeux sous la masse de ses cheveux qui retombaient en torsades sur sa bouche, soudain plus lointaine à l'homme qui l'aimait jusqu'à la brûlure, devenant la nuit dans laquelle ils tombaient tous deux.

Les premiers signes s'étaient manifestés moins d'un an après leur mariage. Elle venait à peine d'accoucher. Elle avait passé leurs noces à son chevet. Chaque jour, elle l'avait aidé à se doucher, à se laver les dents, à s'habiller. Chaque nuit, elle avait dormi à son chevet, recroquevillée dans un fauteuil. Elle avait affronté à ses côtés les fièvres, les sueurs nocturnes, les cauchemars dont il s'éveillait en grelottant dans ses bras, l'anémie, les malaises, les troubles de la coagulation, la chimiothérapie, les injections, les prises de sang, les hématomes qui pullulent sur les bras et obligent à piquer les mains, le cou ou les pieds, quand les veines roulent sous la peau, disparaissent puis se nécrosent. Il y avait eu les visites chez l'hématologue, l'attente des résultats, les espoirs de rémission, les fausses joies, la rechute.

Il promena son pouce sur l'intérieur du poignet de sa femme.

Elle vieillirait, sans lui. Il voulait qu'elle vieillisse. Ce visage à l'ombre duquel il aurait voulu voir grandir leur enfant, ce visage à la beauté infernale, qu'il avait fait rire, elle qui ne riait jamais, qu'il avait filmé, photographié, chéri, caressé, finirait par se faner. En même temps, elle ne vieillirait jamais. Même ridée, elle conserverait ces yeux de faune, ce sourire de fauve qui, dans l'instant où il l'avait vu, l'avait envoûté, lui, et d'autres, et qui en envoûterait d'autres encore, il le savait, parce qu'elle était sans mémoire, n'avait pas d'histoire. Peut-être cette pensée fit-elle monter en lui un sentiment de pitié profonde, non pour lui-même, comme quand on se rend compte que ce que nous sommes ne suffira jamais et qu'au fond on en sait si peu de l'être avec qui l'on dort, mais pour elle, car elle non plus ne se connaissait pas. Il suffoqua.

Sa mère se leva d'un bond et s'approcha. Ses cheveux, qu'elle n'avait pas coiffés depuis plusieurs jours, s'agglutinaient à l'arrière de sa nuque en un paquet spongieux. Son visage était ravagé par l'absence de sommeil. Ses yeux lui tombaient sur les joues. Une odeur de lavande et de sueur flottait dans son sillage. Les yeux de sa femme prirent un éclat de verre froid. Elle s'écarta du lit, d'un mouvement presque symétrique, fronçant le nez. La mère, qui n'en avait rien perdu, l'ignora et se mit à parler. Pendant de longues minutes, elle parla sans discontinuer, mais nul n'aurait su dire de quoi au juste. D'ordinaire, ses longs monologues entrecoupés de gémissements lui étaient insupportables ; il en vint, cette fois, à la trouver d'un comique attendrissant. Elle se débattait, comme une petite bête prise au piège dans le sac noir d'une angoisse dont nul n'avait jamais réussi à la tirer, mais qui, désormais, ne le concernait plus. Il regardait sa peau laiteuse, les taches de son sur ses avant-bras. Elle lui dit encore quelque chose, mais il ne l'écoutait plus. Il était perdu dans la contemplation de la ride qui barrait la joue de son père, et qu'il n'avait, jusqu'alors, jamais remarquée. Il observa la pâleur grise qui avait envahi son teint olivâtre, ses yeux cerclés de noir. La conviction qu'il était la cause du vieillissement précipité de ses parents, que le trou noir qui l'aspirait les aspirait à leur tour, lui fut insupportable. Il était temps qu'il les délivre de lui.

Une infirmière vêtue de vert arriva. Elle baissa les stores. De garde. Traits tirés par la fatigue. Elle venait juste de s'allonger pour prendre un peu de repos quand on avait téléphoné. On lui avait dit qu'il s'agissait d'une admission un peu particulière et que la famille pourrait rester au-delà des horaires dévolus aux visites. Il est toujours plus facile de soigner les malades quand on les connaît un peu – même quand on sait qu'on ne pourra peut-être pas les sauver, le souvenir de ce qu'ils furent et de l'engagement qu'on a mis à les soigner jusqu'au bout aide parfois à en sauver d'autres. L'infirmière avait donc demandé des explications. On avait fini par lui dire qui ils étaient.

Ils avaient tout perdu. Ils avaient tout regagné, au centuple. Lui, le père, avait travaillé sans relâche – on disait qu'il ne dormait jamais. Il avait amassé une fortune colossale. Des cliniques, d'innombrables résidences, et un château. Ils avaient des cuisiniers, des domestiques et des jardiniers, une flotte de voitures. Ils ne s'étaient privés de rien, mais ils s'étaient montrés généreux en prenant soin des plus modestes de leurs employés – à moins que ce ne fût prodigalité vaniteuse ou compassionnelle, paternaliste. Ils donnaient, en tout cas, du travail et même des logements à des centaines de personnes. Ils avaient formé des chirurgiens, des internes, des anesthésistes, des réanimateurs, des radiologues, par douzaines. Ils avaient vécu avec eux plusieurs révolutions : les premiers antibiotiques, les premières transplantations cardiaques, les premières cœlioscopies. Soigné, en Algérie et en France, des dizaines de milliers de patients. Mais quand elle s'approcha du père du jeune homme alité, pour le saluer à voix basse, l'infirmière ne reconnut pas celui que les journaux appelaient « le Prince des cliniques ». Elle ne vit qu'un vieil homme en train de perdre son fils.

Leucémie.

Admis en urgence à la suite d'un malaise dans son bain, au moment même où chacun croyait qu'il allait mieux. Comme il avait repris des forces, il avait voulu faire sa toilette, seul. Il avait perdu connaissance. Sa tête avait heurté le rebord de la baignoire. Sous le choc, il avait vomi. On l'avait retrouvé la face dans l'eau, le nez en sang. Le contenu de son estomac avait inondé sa trachée et ses bronches. On l'avait intubé. On avait aspiré ce qui encombrait ses voies aériennes. Branché un respirateur artificiel. On l'avait perfusé. Il avait ouvert les yeux.

Son frère entra d'un pas rapide. Il vit sa mère se jeter dans ses bras, sa femme arranger prestement ses cheveux. Il s'approcha de lui et lui demanda s'il voulait qu'on lui remonte les oreillers sous la tête ou qu'on replace ceux qui soutenaient ses bras. Il répéta plusieurs fois Tu veux qu'on te remonte tes oreillers ? Aux premiers mois de son hospitalisation, à la simple vue de son frère, la colère l'étouffait. Il le fixa d'un regard pâle et amer tandis que l'autre se dégageait de l'étreinte maternelle. Mais, curieusement, cette fois lui revinrent leurs meilleurs moments. Une sensation aiguë le bouleversa : ce qui avait vraiment valu la peine qu'ils vivent ensemble était calfeutré dans leurs années d'enfance. La douleur au poumon le reprit. Il détourna les yeux. Tous se mirent à crier d'épouvante.

Une seconde infirmière surgit en courant, escortée d'une aide-soignante. On le coucha sur le côté. On rassembla le plus délicatement possible les tuyaux le reliant à ses machines et à la perfusion. Son pouls s'affola. Le respirateur artificiel s'emballa. On lui entrava le corps, une main sur le thorax, l'autre sur les cuisses. On nettoya ses oreilles, le bord de ses yeux, on passa un gant de toilette sur son torse, sur son pénis, entre ses fesses, on jeta le gant, on en prit un autre. On lui lava le dos. Les infirmières flottaient comme des spectres dans leurs blouses vertes. Derrière leur masque, leurs yeux mi-clos lui souriaient. Il regarda les gouttes translucides de la perfusion reliée à son avant-bras gauche tomber une à une dans la poche de plastique. La lumière se fit plus vive, plus forte. Dans les derniers jours de la vie, le plus ancien redevient le plus jeune. Nous dormons comme des nourrissons. Les premiers mois, l'état de torpeur dans lequel le faisaient sombrer tantôt le progrès de la maladie tantôt les traitements le terrifiait. Puis ce lui fut un soulagement qu'il attendait comme on attend, à la tombée du jour, dans le lit de l'enfance, une histoire, toujours la même, lue par une mère qui, elle, ne se dérobera jamais. Il s'endormit.

L'heure avait passé. Le lit, les machines et leurs silhouettes baignaient dans une clarté bleutée. La porte, ouverte, de la chambre 16 donnait sur un couloir qui sentait les antiseptiques et le savon doux. De part et d'autre se trouvaient d'autres chambres, d'où s'échappaient le grondement des respirateurs artificiels, l'alarme automatique d'une perfusion ou d'un scope, des pleurs. Il y a souvent peu de chambres dans les services de réanimation, et celui-ci, situé au rez-de-chaussée d'un immeuble jouxtant une autoroute, en comptait dix-huit, dans lesquelles des familles veillaient leur proche, tandis que d'autres patients s'éteignaient ou revenaient d'entre les morts dans la solitude.

Il dormit une partie de la journée, jusqu'au soir. Il s'éveilla dans un état de paix singulier. On avait allumé des néons. Deux autres infirmières s'activaient à son chevet. Il ne les avait jamais vues. Confusément, il comprit que du temps s'était écoulé. Il était dix-huit heures. Quand il était encore un tout jeune homme, c'était, au passage à l'heure d'hiver, le moment de la journée qu'il préférait. La nuit rentrait subitement dans le jour. Il allait, toujours seul, dans la salle hispano-mauresque du café de la mosquée de Paris, boire un thé brûlant, ou bien, il marchait jusqu'aux quais, pour chiner des livres anciens, de botanique ou d'anatomie, ou des cartonnages illustrés. Il ne craignait ni la solitude ni le silence. C'est souvent ainsi qu'il était le plus heureux.

Son père s'approcha de lui, plongeant ses yeux dans les siens. Il lui chuchota quelques mots à l'oreille. Après deux reports provoqués par des révisions de dernière minute, la sonde Voyager 1 s'était envolée dans l'espace pour rejoindre sa jumelle, Voyager 2, partie quelques semaines plus tôt. Cette nouvelle le remplit de joie. À l'ambition, il avait toujours préféré les mystères des étoiles, le cinéma, les livres anciens. Et puis, Ève, sa femme. Il ne verrait jamais les images de Saturne ni des autres géantes gazeuses. Il se représenta peut-être toutes les années qu'il resterait à sa famille à flotter dans le vaste océan subglaciaire de leur bon droit à être ce qu'ils étaient, alors qu'il n'y a peut-être rien, aucun Dieu, aucun sens, qui puisse justifier que le bien consiste à se conduire comme ceci ou comme cela, ni même qu'il y a un quelconque bien, ni même qu'il est pertinent de se battre pour continuer d'exister.

Ils le veillèrent une dernière nuit. Puis ce fut le matin. Leur mine austère et triste, leurs efforts désespérés pour contenir leur désespoir lui firent une certaine peine, qui reflua en indifférence. Car il savait ce qui se logeait derrière. C'était l'orgueil, c'était l'envie maquillée en dégoût, c'était la jouissance qu'il y avait, dans une débauche de tout, à feindre la vie. C'était la grande richesse, la richesse immense, effrayante, méprisable, malgré les excès les plus violents, les dépenses les plus folles, qui résistait, non comme force aventureuse et joyeuse, mais comme satiété de tout, ennui et vague à l'âme. C'était la mélancolie poisseuse des fêtes refêtées sans fin pour continuer de célébrer un monde qui déjà n'existait plus, ce monde qui les avait façonnés, élevés dans un Olympe néogothique de pacotille, puis avait achevé de leur briser les os et de les précipiter tous ensemble dans le gouffre de contradictions abjectes et de pensées mauvaises où ils croupissaient désormais et continueraient de croupir, même après sa disparition, à cause de cet argent, de ces flots, de ces rouleaux d'argent, qui n'avaient finalement ni acheté l'amour, ni réussi à le guérir lui, et qui avaient fini par les rendre tous fous, les condamnant à l'extraordinaire en même temps qu'à l'étroitesse des hypocrisies médiocres, à l'arrogance et aux mensonges sans grandeur, c'est-à-dire à l'enfer.

Il songea au vertige qu'avait causé en eux la brusque accélération de la marche du monde, l'horreur de la guerre, l'Algérie, leur Algérie, le drame d'un exil de déroute et de panique dans la foulée d'une indépendance en faveur de laquelle il avait pourtant lui-même si secrètement milité, toutes choses auxquelles ils avaient opposé tout autant leur courage, leur sens de l'honneur et de la gloire que le mépris de ceux qui se croient immortels. Peut-être eut-il honte d'eux, honte pour eux, honte d'être de leur famille. Peut-être se souvint-il aussi des mensonges qu'il avait commis, par lâcheté, par besoin de se faire aimer, par amour du jeu, par amour des femmes, par amour d'une femme qui avait éclipsé tout le reste, même le baccara, le poker et la contemplation des étoiles. Alors, son indifférence s'effondra, la compassion le submergea.

Il n'avait pas demandé à revoir une dernière fois son enfant. Chacun avait jugé que cela n'était guère un spectacle pour une petite fille de quinze mois. J'attendais donc son retour à la maison. Il fit de l'index un geste indiquant qu'il voulait écrire quelque chose. Il chercha à attraper l'ardoise posée sur la table de chevet. Elle glissa par terre. On la ramassa. On la lui donna. D'une main lente, il traça au feutre : « Ma femme, ma fille. » Il tendit l'ardoise à son frère. Ils se regardèrent. Ses yeux souriaient. Tous se turent. Tout le monde parlerait encore, des années après, de la douceur terrible de son dernier sourire, à ce moment-là. Il ferma les yeux.

La porte de ma chambre claqua brusquement. La nounou raconterait d'une voix blanche qu'elle avait regardé autour d'elle, mais qu'il n'y avait personne, hormis moi, assise au milieu de mes cubes, dans cette chambre dont la porte s'était ouverte toute seule en grand, puis refermée, avec une violence inouïe, surnaturelle, même si, dans le couloir, une fenêtre demeurait entrouverte et que, malgré un splendide soleil ce jour-là, c'était probablement le vent.

Au même instant, dans la chambre 16 de l'hôpital, les mains, les doigts, les pieds et les orteils du malade se raidirent. Ses ongles prirent une teinte ivoire. Ses tempes et ses joues se creusèrent comme on se chiffonne. Ses yeux devinrent immenses, agoniques, exorbités.

Plus tard, on m'a dit qu'il était parti sans souffrir. On m'a dit qu'il le voulait. On m'a dit qu'il était heureux. Quand j'ai trouvé la force de demander des précisions, on a fini par me dire que cela s'était passé à peu près ainsi : il luttait pour respirer. Il s'étouffa. Il étouffait. C'était un bruit abominable.

Toutes défenses abolies, ma mère hurla. On la fit sortir. Sa mère à lui n'était plus qu'une flaque de larmes.

Elle serrait sa main entre ses paumes et bredouillait de pauvres petits mots de fillette apeurée. Le cœur lâcha à midi. Il venait de fêter ses trente-quatre ans. Il mourut dans les bras de son père qui, trois ans plus tard, mourut à son tour de chagrin. Ils avaient tous en eux l'espoir que ce ne serait qu'un mauvais rêve, mais en fait, tout cela, ce n'est pas un rêve, tout cela c'est pareil pour tout le monde, tout cela, ce n'est pas grand-chose, tout cela ce n'est que la vie, et, finalement, la mort. On lui ferma la bouche après les yeux. On le déshabilla. On le lava. Puis le corps fut ramené à son domicile. On le recouvrit et on recouvrit tous les miroirs ainsi que tous les portraits d'un drap blanc. On me tint éloignée de la chambre funéraire.

On déchira un pan de ma chemise de nuit à hauteur du cœur.

Mais personne ne me dit que mon père était mort.

Je fus envoyée en Normandie. Le lendemain, on l'enterra.

Sa mère n'eut pas la force de se rendre au cimetière. Elle s'alita de longs mois. Quand on ouvrit le caveau pour y descendre le cercueil de mon père, ma mère voulut s'y précipiter. Ils étaient brisés. Leur douleur à tous de l'avoir perdu fut tout ce qu'il restait de lui.

Mais pour moi, rien n'avait changé. Il était toujours là, il avait disparu.

Première partie

1

Tout somnole. La lampe, le lit, la chambre et les rues sont encore noirs de la joie de me retrouver ici, seule, dans cette ville sévère, où j'ai vécu jadis l'année la plus opaque de mon enfance. À l'approche du jour, le vent tourne. Le lac frémit. Bientôt, il se couvrira de voiles, de barques à moteur et de canots de pêcheurs. Nous sommes le 4 mai 2019. Quelques heures plus tard, je suis assise devant une pile de livres, sous l'énorme soleil de carton-pâte suspendu au plafond du Palais des expositions de Genève, quand une femme, longue et élégante, cheveux blancs, yeux bleu roi, fend la foule, s'arrête net devant moi et me dit de but en blanc Je sais qui vous êtes, je ne vous connais pas. Je suis tombée sur un article, dans le journal, j'ai vu votre nom, d'abord j'ai eu un doute, alors j'ai pris ma voiture et je suis venue jusqu'ici pour assister à votre conférence, et à présent je vous vois, et le doute n'est plus permis. Mon nom ne vous dira rien, mais j'ai bien connu vos grands-parents, votre père et votre oncle. C'était à Alger.

Mon cœur cesse de battre. Comme si ce soleil de carton-pâte s'écrasait à mes pieds. Ce qui m'arrive est impossible. On me joue un tour. Dans quelques secondes, quelqu'un – mais qui ? – va surgir de quelque part – mais d'où ? – et m'avouer que c'est une farce. Une farce de très mauvais goût. Je baisse les yeux, cherchant un point de fuite, prise d'une envie subite de m'enterrer, de toutes mes forces, dans un terrier. Il faut que je dise quelque chose. Il serait juste poli, convenable, que je dise quelque chose. Mais je ne ressens rien. Tout ce qui a blessé, tout ce qui a meurtri brûle désormais au loin dans un grand brasier calme. Un silence s'installe avant qu'à nouveau les mots impensables de cette femme ne s'abattent sur moi : Mes parents travaillaient dans la clinique de vos grands-parents, là-bas. J'étais encore une toute jeune fille mais votre grand-mère s'était mis en tête, j'ignore bien pourquoi, que je pourrais peut-être plaire à votre père, ce qui, je crois, n'était pas du tout le cas, puis les événements, comme on dit, ont éclaté, et nous avons tous fui, mais quand je vous ai vue, je l'ai revu, lui, car vous avez son sourire.

Mes mains, que je tiens cachées dans mes poches, se raidissent.

Non. Je ne veux pas entendre que j'ai son sourire, précisément parce que quand j'étais enfant tout le monde me disait Oh, tu as le sourire de ton père.

Non. Je ne veux pas qu'on me le dise ici, à Genève, dans cette ville, où je n'étais jamais revenue depuis l'enfance, jusqu'à ce qu'on m'y invite pour donner une conférence, cette ville précisément où, à l'âge de sept ans, comprenant que mon père n'en finirait jamais d'être mort, j'ai sauté dans le lac pour le rejoindre.

Non. Je ne veux pas entendre les souvenirs de cette dame, qui a pourtant l'air si douce et si gentille.

Non. Je ne veux plus penser à mes grands-parents paternels ni à mon oncle, que j'ai tant aimés et tant haïs, et que j'ai tant déçus et qui m'ont tant déçue, à toutes les horreurs qui furent une insulte à la mort de mon père, et à toutes ces photographies, prises avant même sa mort, qui nous montrent heureux, pleins de tendresse et de douceur les uns pour les autres, mais où nous avons tous l'air de ces animaux aux yeux d'opale et de résine qu'on trouve chez le taxidermiste, dont on a retiré, tanné, et lustré la peau, pour en revêtir un squelette de bois imitant, à la perfection, la forme du sujet vivant.

Non.

Je revois une jeune femme, plus une adolescente, pas encore une adulte, qui mourut dans une chambre d'hôtel. Passent l'ombre d'un château, une grand-mère aux joues duveteuses assise sous un cerisier, un grand-père mélancolique et fier, deux frères, qui s'aimèrent et se haïrent, et un amour fou, perdu, un amour malade, au-delà des mots, celui que mon père a eu pour ma mère.

J'observe la femme qui se tient debout face à moi, ses yeux d'une beauté effroyable qui ont vu mon père petit garçon, ses mains, longues, fatiguées, les ombres soupçonneuses qui passent autour de nous, flairant l'intimité, puis la femme encore, ses mains, ses yeux. Je me lève et la serre longuement dans mes bras.

Je regagne ma chambre, en nage, transie de froid. Genève a disparu. Au pied des sommets, tout est devenu vaste et plat ; tout s'étend, désert et désolé. Je tire les rideaux. Je m'enfouis, tout habillée, sous la couette informe, sans même enlever mes bottes. Le téléphone sonne. Il sonne encore. Je ne réponds pas. Je pense à peine. C'est déjà trop. Je ne dors pas. Je ne mange pas. Je reste enfermée, toutes lumières éteintes. Mon oreiller se constelle de petites boules blanches de mouchoirs tire-bouchonnés de larmes. Deux jours passent ainsi. Je quitte ma chambre. Je pars vers la gare, en traînant ma valise, dans les rues froides.

L'histoire de la famille de ma mère, je l'ai déjà racontée, ailleurs. Mais j'ai caché le cœur de ce qui m'a faite. Depuis l'enfance, je réponds à ce panneau muet, cette ardoise brandie par mon père sur son lit de mort, ce geste ultime d'écriture. J'y réponds par l'écriture. Au départ, les mots manquent. C'est très lent. Sans cesse tout menace d'être détruit, broyé par les pensées qui m'assiègent et me condamnent à n'écrire que par bribes, à ne penser que par fragments. Tout gèle. Tout veut regagner l'immobilité glacée où je suis ce chien sans maître qui ronge le même os depuis toujours.

Il y a bien longtemps que j'ai perdu ceux que j'aimais. De ce monde d'alors, il ne reste plus rien ; tout s'est dissous. Je n'ai jamais bien su pourquoi j'ai survécu à ce dont, d'ordinaire, on ne revient pas. Il est des pertes sèches qui, loin d'empêcher l'amour ou la joie, les rendent plus brûlants encore, mais dont on ne se remet jamais et dont on ne souhaite pas se remettre. L'émerveillement et la douleur devant la beauté féroce de la vie m'ont rendue à la nuit, là où la seule richesse qui vaille vient du tréfonds des êtres. Le reste, tout le reste, orgueil, possessions, rancœurs, jalousies, envies et querelles, a regagné les sables silencieux d'où, un jour, notre vanité les avait tirés. Mais quand je songe aux monstres que nous avons été, à la façon dont un certain nombre d'événements se sont morbidement engrenés les uns dans les autres, et à ma responsabilité dans cette tragédie, ces vies perdues reviennent me hanter. Jusqu'à cette rencontre incompréhensible, sidérante, avec cette femme, j'ai préféré faire mine d'oublier que j'avais un jour, devant une tombe, fait la promesse d'écrire cette histoire du crépuscule d'un monde, de la fosse incurable de nos regrets, et d'une maladie mentale, la mienne, qui fut une damnation avant d'être une chance. Mais je sais pourquoi, ce soir, je dois me hâter de la raconter.

Les morts ne sont pas avalés, ni par l'eau ni même par la terre. Ils continuent de marcher parmi les vivants. Quand nos souvenirs avec nos proches s'effacent dans le lointain de chambres, d'écoles, de fêtes d'anniversaire, de champs, de sentiers de montagnes ou de plages, que nous n'arpentons même plus dans nos songes, restent les récits que nous tenons des autres. Puis, un jour, ces autres s'évaporent eux aussi. La dernière personne qui pouvait nous parler de la personne que nous avons perdue meurt à son tour ; et, dans cette césure fatale, le temps devient, dit-on, irréversible. Même le rêve n'en remontera plus le flot. Demeurent alors, si on ne les a pas jetés d'emblée, des robes ou des chemises, des livres lus et relus, des disques, des jouets, des brosses à cheveux, des lettres, des photographies et des films de famille en super-8 dans leurs boîtes de celluloïd noires où les gens qui rient aux éclats, posent devant des ruines, des musées, des pyramides, mangent des glaces l'air heureux, tiennent l'enfant que nous fûmes dans leurs bras, jouent avec un chien, font des châteaux de sable ou soufflent des bougies d'anniversaire, sont tous morts. Quand ce jour advient, on est supposé faire un choix, celui de mourir à son tour ou de continuer à vivre. Je n'ai pas fait ce choix. Je n'en veux pas. Je n'appartiens à rien ni à personne. J'habite l'ardeur avec toi. Dans la mort des soleils, je ne vois que ton visage ; et je ne tiens pas à ce que cela change.

Il fait déjà sombre, ma joie demeure. Le train démarre. Les heures avalent le glacier, les cimes enneigées, les vallées, les plaines, les champs tour à tour verts et dorés. Sur la vitre s'étire une tache de buée qui grandit, encore et encore, et dans laquelle, d'un coup, je plonge.

2

Alger, 1950

Tache blanche, informe, qui se précise quand, entrant dans le port, la ville surgit de la mer. Collines en amphithéâtre, odeurs de jasmin, d'anisette, de poubelles, de fruits décomposés, maisons qui escaladent les pentes, et dont le blanc à peu près absolu ne laisse voir par intervalles que le gris d'une place ou le vert foncé d'un jardin. En début de matinée, se hisser hors des deux lits en fer superposés, devenir Indien et cow-boy, capitaines de trois-mâts, ou explorateurs, plier, à deux, des dizaines de modèles d'avions en papier, faire rouler de grosses billes colorées sur les lames du parquet, traverser, à l'arrière d'une voiture, des vignobles, des orangeraies, des champs d'orge, de blé verts ou dorés, des villes rouges blotties dans des palmeraies, des pistes et des chemins de terre piétinés par des ânes, des chèvres et des moutons, jusqu'à des terres craquelées par le sel. Dans les dunes jonchées de lis de mer et de chardons bleu argenté qui piquent les orteils, courir, bermuda retroussé au-dessus des genoux. S'enterrer jusqu'au cou. Chasser les crabes translucides qui se cachent dans le varech. Construire des châteaux aux tourelles et aux douves décorées de posidonies échouées et d'alyssons maritimes. Au retour, les orteils pleins de sable qui gratte les mollets, babiller et gigoter à l'arrière de la voiture, se taire en apercevant, frimousses et petites mains collées à la vitre, les arcades de Bab-el-Oued – ses boutiques, ses cafés dans lesquels on se promet déjà si fort d'aller fumer quand on sera grands. Sitôt arrivés à la maison, grimper dans l'arbre à caoutchouc trapu et difforme, qu'on ne quittera plus jusqu'au dîner et où l'on ne fera rien sinon observer les traces que sa sève pâle et collante laisse sur les doigts, la nervure des lianes voluptueusement enroulées autour des branches, et le vent qui agite au loin la robe d'une mère en train de crier Les enfants où êtes-vous, où êtes-vous, tandis que, épaules tressautantes, mains devant la bouche, yeux déjà plissés de sommeil, on s'esclaffe d'un seul et même rire. La nuit venue, bordés au lit, après l'histoire, la conversation se poursuit dans une langue secrète qu'ils sont les seuls à connaître mais qu'un matin ils cessent de parler.

Ils ont un an de différence. Mais on les élève en jumeaux, en les habillant de la même manière. Les années passant, le fait qu'on les laisse dans la même chambre quand chacun pourrait avoir la sienne, comme pour signifier à l'un que l'autre sera toujours là, commence à miner le lien voulu pour eux. À l'heure du coucher, l'un s'endort, repu des joies du jour et des caresses de la mère, dont il est le préféré – peut-être parce que de son frère il est l'aîné, peut-être parce qu'elle a failli le perdre à la naissance, ou bien, parce qu'il est des deux celui qui lui ressemble le plus, mêmes yeux bleus, mêmes cheveux roux et frisés. L'autre veille, laissant s'écouler le silence, redoutant le sommeil et ses monstres. Cela a peut-être commencé ainsi. Par le chagrin de n'être que la copie plus terne, moins frisée de l'autre – à qui tout réussissait. Brusquement, il se lève, vacille, marche à tâtons. Dans les ténèbres, le frère n'est plus qu'une abstraction. Les lames du parquet craquent. Les bermudas et les chemises posés sur une chaise sont un pirate à l'œil fendu. Il croit mourir de peur, va jusqu'à la fenêtre. Il se hisse sur la pointe des pieds. Il écarte le rideau. D'abord, il ne voit rien. Les palmiers, la serre, les parterres de fleurs et le mur qui entoure la maison sont tachés de noir. Puis ses yeux s'accoutument à la nuit. Le monde devient gris fer. Au bout d'un temps, il lève la tête. Tout à coup, bouche grande ouverte, il plonge d'un seul trait ses yeux dans la profondeur du ciel constellé. Il voit l'espérance et la nostalgie fondues l'une dans l'autre, tend les mains vers la lune, plein d'un désir irréfréné de la toucher, rêve de se mêler aux nuages pour tout voir et tout connaître. Il se demande où s'arrête l'espace, ce qu'il était, lui, avant d'exister, ce qu'étaient les astres et les planètes il y a des millions d'années, avant d'être là, eux, puis, brusquement, dans son petit coin de monde qu'il prenait pour le centre de tout, il comprend que rien ne durera, ni les parents, ni le frère, ni même lui. Dans la maison, tous dorment. Ils ne le verront pas pleurer. Son enfance crève sans bruit. Il se sent profondément seul, profondément heureux. Il fouille dans la poche de son pyjama et en sort une pièce d'or : un napoléon. L'autre jour, son père l'a pris à part dans son bureau pour lui donner ce trésor. C'est un drôle d'endroit, au tournant du couloir, à l'odeur chaude de cuir et de tabac, encombré de vieilles encyclopédies médicales (il les lirait bien en cachette), de tapis d'Orient et de fauteuils rebondis, où il ne fait jamais tout à fait jour. Tu as eu le prix de camaraderie, lui a-t-il dit. La gentillesse et la bonté sont les plus grandes des vertus car ce sont aussi les plus rares. Tu mérites une récompense. Tiens.

Soudain, il tressaille. Son aîné est là, qui lui dit d'aller se coucher. Il refuse. Mais l'autre insiste : Va te coucher. Puis, comme il ne bouge toujours pas, les mots claquent : Donne-moi la pièce d'or, sinon je vais tout de suite dire à maman que tu n'es pas au lit, et que tu es monté sur le bord de la fenêtre.

Plus tard, il ne saurait expliquer à quoi il avait pensé sur le moment. Il regarde, alignée sur la commode, la collection de petites voitures métalliques, peintes, si délicatement ornées, que leur a rapportée leur père de Paris. Il en saisit une. Le premier coup porté ouvre l'arcade sourcilière de son frère. Le second, encore plus violent, le fait tomber. Il s'acharne sur le visage, les lèvres rieuses se boursouflent sous les coups avant de s'ouvrir comme des grenades. La petite voiture brisée vole sur le parquet. Il gît par terre. Un filet de sang coule de son nez, les petites dents blanches se couvrent de bulles vermillon. Un râle de douleur et de haine lui soulève encore la gorge.

3

On racontait que quand le corps expéditionnaire entra dans Alger, le 9 juillet 1830, ils furent saisis d'horreur par l'état d'insalubrité d'une ville déjà décimée par la peste, le choléra et le typhus. Les immondices jonchaient les rues. Rats et cafards pullulaient. La dysenterie, mais aussi la syphilis, la variole importées par les voyageurs étaient devenues endémiques, gravées à même les corps des misérables, rongeant les os et la peau des enfants. Comme naguère dans les campagnes françaises, les gens mangeaient tous dans une seule et unique gamelle, ne quittaient leurs vêtements que lorsqu'ils tombaient en loques, ne les ôtaient pas même pour se coucher. On racontait que les très anciens hôpitaux créés autrefois par les Trinitaires et les Lazaristes de saint Vincent de Paul avaient disparu. Que seuls subsistaient, dans quelques mosquées, des mouroirs où venaient expirer, par terre, les orphelins, les veuves, les mendiants et les fous. On racontait que la semaine suivant leur arrivée à Alger, près de dix mille hommes avaient dû être hospitalisés et que, lorsque les troupes franchirent les marécages de la Mitidja puis de Bône dévastée par les Turcs, ce fut l'hécatombe. La fièvre des marais faisait tomber les hommes comme des mouches. On racontait que les morts étaient si nombreux qu'à Paris on songeait à tout arrêter mais qu'on s'en abstint au dernier moment, parce qu'on pensait justement qu'en Afrique le véritable ennemi, c'était la maladie, le véritable champ de bataille, l'hôpital, et qu'on ne pouvait pas, disaient-ils, répétaient-ils, répéteraient-ils encore cent cinquante ans plus tard, on ne pouvait décemment pas laisser tous ces pauvres Algériens sur leur pauvre terre, si mal soignés dans une telle misère, et c'est pourquoi, sur ordre de Charles X, tandis que des soldats épuisés par les fièvres continuaient d'avancer tels des squelettes dans les marais, on implanta à proximité des ports des lazarets, dans lesquels on mit en quarantaine passagers et cargaisons, et partout, dans chaque ville assez importante, la monarchie de Juillet établit aux frais de la France des officines de santé sous la tutelle de l'armée pour imposer, s'il le fallait par la force, désinfection et purification.

On racontait que médecin, c'est un bien beau métier, qu'il n'y a pas de plus beau métier au monde, et que les médecins avaient sauvé ce pays, en ne comptant ni leur peine ni leur fatigue. Ils se répétaient, pour s'en persuader toujours plus, l'histoire de François Clément Maillot qui, fort de son expérience des fièvres palustres en Corse, avait soudain eu l'intuition que celles d'Algérie étaient aussi dues au paludisme et, contre l'avis de tous, s'était mis à prescrire du sulfate de quinine à forte dose, de sorte qu'en quelques mois, les décès avaient chuté miraculeusement. Ils ajoutaient que deux générations plus tard, examinant au microscope le sang d'un cavalier confiné à la caserne du Bardo, sur les rives de l'oued Rummel, un autre médecin, Alphonse Laveran, avait découvert près des globules blancs de ce soldat des corpuscules sphériques bordés d'étranges éléments mobiles et compris que c'était le moustique le grand responsable du paludisme, et non pas l'air ni l'eau. Et tous se disaient, envoûtés par le sentiment d'avoir pris charge de corps comme d'autres ont charge d'âmes en prenant possession de ces terres pour la France, que la médecine avait accompli sa part, en préconisant, pour lutter contre les moustiques, l'assèchement des marécages et la mise en culture de la Mitidja, car cultiver c'est drainer, irriguer et donc assainir, d'où la confiscation aux Algériens des terres les plus fertiles et l'expulsion des paysans, afin d'arracher ce peuple avili à ses ténèbres car, ajoutaient-ils, grâce aux médecins coloniaux on offrait à toute la population des traitements dont personne n'avait même imaginé bénéficier auparavant, d'Alger à la plus humble des mechtas, et ainsi de plus en plus d'enfants musulmans purent grandir sans crainte de mourir dans leurs toutes premières années, et l'Algérie, ce cadavre puant et infesté qu'on désespérait de ressusciter, se changea en paradis.

On me racontait enfin que parmi tous ces médecins, fils de médecin, femmes et filles de médecin, une famille, qui ne faisait pas partie des colons français mais vivait sur ces terres depuis qu'ils avaient été chassés d'Espagne au XVe siècle, devint si célèbre en Algérie, puis en France, qu'aujourd'hui encore, dans bien des hôpitaux, quand vous prononcez leur nom, il se trouve toujours un vieux professeur pour soupirer de nostalgie. On racontait que sans l'énorme héritage de ma grand-mère Louise, dont le père était rentré épuisé du camp de travail du sud de l'Algérie dans lequel Vichy l'avait déporté parce que juif, mon grand-père Joseph n'aurait jamais pu racheter, en 1947, à une vieille demoiselle, cette clinique blottie entre palmiers et cyprès. Il se disait que cet héritage, tombé entre les mains de Louise, était vraiment immense, gigantesque, monstrueux, qu'il y avait une villa tout en colonnades, des fermes, des milliers d'hectares de blé, de vignes, d'orangers, de grands troupeaux de chèvres, de moutons, et même des chevaux, des pur-sang arabes. On ne savait pas très bien comment le père de Louise avait fait fortune, d'où cet argent du diable lui venait, peut-être bien de ses vastes usines de briqueterie et de sa participation soutenue à la construction des casernes, des maisons, des places, des bâtiments administratifs, des écoles du chantier colonial, on n'en savait rien au juste, un peu comme si ces énormes masses d'argent avaient acquis le pouvoir de masquer son origine. Certains prétendaient que le mariage de Joseph et Louise était un mariage arrangé, comme souvent à cette époque dans ce monde juif encore traditionnel. D'autres disaient qu'un soir d'été 1939 où il était de garde, Joseph avait été appelé dans une villa au luxe légendaire sur les hauteurs d'Alger, au chevet d'un gros homme aux yeux bouffis de poches brunes, qu'on était allé le chercher lui, et non le médecin du quartier, peut-être parce qu'il s'agissait d'une de ces maladies honteuses dont ni les voisins ni les amis ne doivent rien savoir. Peut-être savait-on qu'il était si bon médecin, si adulé, et si érudit, que c'était lui, et pas un autre, qu'il fallait appeler. Toujours est-il qu'il lui sauva la vie, à la suite de quoi le propriétaire lui donna en mariage l'aînée de ses filles. Ils affirmaient que Louise avait aimé Joseph avec force et fierté, comme on aime celui dont on sait d'emblée qu'il sera le seul, mais que Joseph aimait Louise avec tout son argent, puisque sans tout cet argent Louise n'aurait pas été Louise, passant son temps à la tromper avec des femmes qui n'en avaient guère, mais revenant toujours à elle, après des nuits entières où il disparaissait, et elle l'accueillait avec un sourire ironique, et il grimpait dans le lit conjugal, et ils se chamaillaient, et ils se réconciliaient sagement et elle écartait les jambes, et tout recommençait, dans la splendeur des roses et du jasmin, avec leurs deux enfants, et rien ne changeait, et tout se maintenait dans leur belle clinique immuable où ces grands bourgeois, aveugles à tout ce qui n'était pas des corps et des douleurs, soignaient avec un dévouement absolu des patients de toutes religions et de toutes conditions sociales.

On écrivit dans les journaux qu'après l'exil, tous ces médecins d'Algérie, ces professeurs qui avaient marqué tant d'élèves, mis au monde tant d'enfants, accompagné tant de mourants, furent affectés à des postes en province, Paris leur étant systématiquement refusé : il ne fallait pas, déclara un ministre à la rhétorique inspirée, « sanctionner une catastrophe par une promotion ». On écrivit encore qu'alors, un homme du nom de Joseph C. avait refusé de se laisser dicter sa conduite par ceux qui préféraient voir les pieds-noirs à la mer, et qu'il avait racheté, en face d'un parc zoologique, une vieille bâtisse dont plus personne ne voulait dans l'idée d'en faire la copie exacte de sa clinique d'Alger, sa clinique perdue. On disait qu'il avait gagné avec adresse la confiance des pontes de la chirurgie ; lui restait à obtenir en France celle des organismes de crédit puisqu'il était désormais ruiné. Une très célèbre famille de banquiers l'y avait aidé. Mais pour remporter son pari, il lui avait encore fallu attirer dans ses filets ces médecins dont Paris ne voulait pas. Un paramètre avait alors joué en sa faveur. Dans les années 1960, les hôpitaux publics ne pouvaient plus accueillir tous les jeunes médecins désireux de se lancer dans une carrière hospitalière.

Mais cela n'empêchait pas que ces mêmes hôpitaux, quand le népotisme et l'arrogance des professeurs ne barraient pas la route aux juifs ou même aux protestants, peinaient à faire face au besoin toujours plus grand de lits, comme à se moderniser. On entassait dans des salles communes laides et sombres des malades par dizaines et de plus en plus de médecins, hospitaliers ou non, pour peu qu'ils aient l'esprit ouvert, s'étaient mis à lorgner du côté des cliniques privées et de leurs confortables salaires, plusieurs membres du gouvernement félicitant régulièrement les efforts admirables de l'hospitalisation privée. C'est à ce moment que Joseph joua tapis.

Elle me racontait, des années après la mort de mon grand-père, le visage émerveillé, qu'il pensait qu'il fallait révolutionner l'accueil des patients et des familles, qu'il croyait dur comme fer que la maladie, ça fait peur aux malades et aux proches qui viennent leur rendre visite, et qu'il fallait aménager pour eux de belles chambres, individuelles, proposer des repas de qualité, qui donneraient aux malades l'impression de ne plus être malades, mais d'être en vacances dans un hôtel splendide, étoilé. Elle disait que d'abord, mon grand-père, on lui avait ri au nez et qu'on lui avait dit Mais enfin quel besoin y a-t-il donc de recevoir comme des curistes ceux qui viennent se faire sectionner un morceau d'intestin ou raboter un bout de hanche ? Mais quand on avait vu les bénéfices dégagés par la clinique durant les deux premières années, les mauvaises langues avaient fait silence. On se pressa pour venir travailler avec Joseph C. Elle m'expliquait, pleine de cette tristesse joyeuse et brutale, trop avare de silences, trop prodigue en effusions, que les médecins travaillaient pour de tels honoraires, que, rapidement, ils firent tout pour attirer leurs patients dans notre clinique, leur faisant miroiter qu'ils y seraient mieux soignés, ce qui était évidemment vrai, ajoutait-elle, parce que nous étions les meilleurs. Les patients suivirent. Le bouche-à-oreille fit le reste. L'argent perdu en Algérie afflua de nouveau. En moins de cinq ans, la clinique devint l'une des plus modernes et des plus prospères de France – elle disait « notre clinique » comme elle disait « notre château » – parce que, répétait-elle encore, toujours, nous étions les meilleurs, nous serions toujours les meilleurs, et moi aussi, j'allais faire médecine, je ferais médecine, il était hors de question que je ne fasse pas médecine. Ainsi, ni notre nom ni notre gloire ne mourraient jamais.

J'étais terrifiée. Il y avait quelque chose de pourri dans notre royaume. Je le sentais confusément. J'avais neuf ans. Et bien d'autres rêves ridiculement plus petits, solitaires et féroces, sans remède aucun. Les enfants savent tout mais ne comprennent rien. Leur égoïsme et leur silence les protègent – et, parfois, les rendent, malgré eux, monstrueux. Ma vie d'enfant me prenait tant de temps que je n'avais aucune idée de ce qui se cachait derrière cette façon de se penser comme des dieux détachés du monde ordinaire. Je n'en percevais que l'obscénité. À cette époque, ma mère nommait pour moi le monde : je croyais que ma grand-mère ne sortait que peu de son lit – si ce n'est pour me faire cuisiner des bons petits plats, respirer l'odeur des roses, ou tricoter à l'ombre d'un arbre –, parce qu'elle était trop grosse et n'aimait personne.

C'était autrefois. Entre-temps, le château a été saccagé par une tempête, puis vendu. Ma grand-mère est morte. C'est seulement maintenant, dans la mort de l'enfance, dans la destruction de tout ce que j'ai été, dans le silence d'après les grands chagrins comme d'après les grandes joies, dans l'amour qui se donne pour lui-même sans plus craindre l'abandon, dans l'acceptation du vieillissement qui s'annonce, que les mots viennent pour dire ce que j'aurais dû dire, et faire ce que j'aurais dû faire, si je n'avais pas été ce que j'avais été alors. Et j'ai honte.

Nous étions, ma grand-mère et moi, blotties l'une contre l'autre dans le petit lit bleu de sa chambre encombrée de meubles dorés et ventrus, de tableaux et de bibelots de bronze et de porcelaine. Je regardais sa main, une main ronde, molle, et douce, au poignet épais, à laquelle la chaleur du feu donnait un éclat solaire. C'était la nuit. Comme souvent, nous ne dormions pas. De là où j'étais, je pouvais voir, de l'autre côté de la desserte sur laquelle était toujours posé un étrange pilulier, le petit lit bleu de mon grand-père mort, éternellement fait au carré, surmonté d'un portrait de mon père, enfant, exécuté par un grand peintre espagnol. Au-dessus de nos têtes, mon oncle, enfant lui aussi, peint par le même peintre espagnol, rêvait déjà d'être roi. J'entendais les jeunes peupliers plantés par mon père pour ma naissance bruisser dans le parc. Je m'assis dans le lit, tournant les yeux vers la fenêtre. Brusquement, les flammes vacillèrent. Les yeux de ma grand-mère se perdirent dans les miens. Elle pâlit, comme si elle avait vu un spectre, et se mit à sangloter. J'aurais dû être triste. Je ne l'étais pas. Chaque fois que cela la prenait, je voulais fuir. Mais comme ma grand-mère sentait une bonne odeur de lavande et que j'avais très froid – c'était déjà un froid intérieur qui ne me quittait pas –, qu'elle aimait les arbres et les fleurs, et que sa forte poitrine était le plus moelleux des oreillers, je m'endormis, une fois encore, dans ses bras, gavée du lait de ses murmures, dans l'attente de ce qui me ferait enfin quitter l'enfance, vers la vraie vie, la vie secrète, la vie haute – ou la tombe.

4

Alger, clinique des Glycines, 1955

Les lumières du bloc opératoire s'allument. Le brancardier arrive en courant. Quelqu'un hurle *Ezreb, ezreb*. On jette à la hâte le corps d'une jeune femme inconsciente sur la table. On arrache sa chemise. On découpe le tissu resté coincé dans la plaie. Un bruit de succion s'échappe de sa poitrine. Elle tousse du sang. On lui pose une perfusion à un bras. À l'autre on sangle un tensiomètre. On se dépêche sinon on va la perdre. Qu'est-ce qu'elle a ? On lui a collé une balle dans le thorax. Un homme arrive, une poche de sang à la main. Il dit peut-être Elle est O négatif, j'ai plus que deux poches ici, demain il faudra aller en chercher d'autres. Le chirurgien surgit à son tour au pas de course. L'infirmière se précipite pour lui nouer sa blouse dans le dos. Il enfile ses gants. Le latex claque contre ses doigts. Il crie On ne l'endort pas, pas le temps, on y va direct. Derrière une vitre, deux garçons d'une douzaine d'années assistent à la scène. Ils sont habillés de la même chemisette bleue, du même short de flanelle grise, portent les mêmes mocassins et suivent du regard tout ce qui se déroule dans le bloc. Leur père se tient debout, un peu en arrière. Il touche la main de Fatma suspendue à côté de l'étoile de David à son cou et, sans rien laisser paraître du désespoir qui le gagne, demande Qu'est-ce qu'on fait ensuite ? L'aîné des enfants, cheveux roux bouclés encadrant un visage rond aux yeux d'un bleu perçant, ânonne On met un drain thoracique, à distance de la plaie. Pendant ce temps, on va extraire la balle en évitant un épanchement de sang à l'intérieur du thorax. Le père pose sa main sur la tête du cadet. Et toi, Harry, que penses-tu de ce que vient de dire Armand ? Le cadet, cheveux noirs, yeux vert sombre, ne répond rien. Il est pâle. Il ne peut se détacher de la toison brune de cette femme exposée à tous les regards. Il avance vers la vitre. Je pose une main sur le miroir de ma chambre. Mon visage se reflète dans le sien puis nous nous arrachons l'un à l'autre dans une même grimace.

5

Plus loin, à l'est, à Philippeville, dans des maisons transformées en abattoirs, du sang a giclé jusque sur les meubles et les portraits pendus aux murs. On a égorgé des hommes. On a éventré des femmes. On a attrapé des enfants et on leur a sectionné les doigts ou tranché la gorge. On a vu des hommes, visage halluciné, maculés du sang de leurs victimes, fuir à travers champs. Le soleil d'août 1955 plane, indifférent à la haine et aux injustices centenaires. Trois semaines plus tôt, un texte, signé par le général Kœnig et par le ministre de la Justice Robert Schuman, dont on ne parlera que cinquante ans plus tard, avait donné aux militaires français toute latitude pour torturer des combattants nationalistes algériens comme tout civil suspecté de les soutenir. Le lendemain, Armand et Harry sont envoyés, sans doute en avion, dans un pensionnat en Normandie. Tout va très vite. À peine le temps de se retrouver chacun assis sur un lit dans deux chambres différentes, chambres qu'ils partageraient avec d'autres dont jusque-là ils ignoraient tout, et de la voiture qui disparaît dans les ombres, leur mère laisse flotter au vent, d'un geste vague et beau, un petit mouchoir brodé parfumé à la lavande, qu'aujourd'hui encore il m'arrive de humer même s'il n'exhale plus que son irrémédiable absence.

6

Verneuil-sur-Avre, février 1956

– Eh toi, le bébé, le sale petit bébé qui a pissé au lit.

Le front fier, un échalas au regard d'épervier s'extrait du petit groupe massé dans la cour du pensionnat poudrée de neige. Il s'avance vers Harry, lippe moqueuse, jambes arquées, doigt pointé vers lui :

– Pisseur, sale petit pisseur qui pue.

Le groupe se presse et forme un cercle autour d'eux. Harry sent son nez le picoter. Il se retient de pleurer. Un nœud froid se forme dans son ventre. Le plumier, les cahiers et le livre d'astronomie qu'il tient dans les mains se mettent à trembler. Il n'y a aucun professeur dans les parages. Traverser la cour en courant jusqu'à la salle du surveillant de la maison d'internat prendra trop de temps. Personne ne l'aidera. Le chef de bande qui vient de l'insulter fait trois têtes de plus que lui. Tout en lui se met à bondir d'une colère trop longtemps contenue :

– Répète un peu ce que tu as dit.

Des curieux s'approchent. Des murmures s'élèvent. L'air glacial fait siffler leur rire. D'autres s'éloignent, craintifs, en faisant mine de fouiller dans leur cartable ou en fixant la pointe de leurs chaussures.

– Tu as très bien entendu, lui lance le chef de bande. Agenouille-toi devant moi, pisseur, sinon je t'égorge comme un cochon.

Vu de l'extérieur, l'internat le plus chic de Normandie ressemble, avec ses bâtiments de style anglo-normand, ses dortoirs divisés en « maisons », à une école pour enfants sorciers. On y parque des fils d'industriels, de diplomates et de personnalités diverses pourvu qu'elles aient les dizaines de milliers de francs exigés chaque année pour ne fréquenter que « des gens bien », c'est-à-dire les fils de familles pour qui de telles sommes ne représentent rien. Les sportifs, les bagarreurs et les blagueurs ont la cote. Les intellectuels restent entre eux. Harry pourrait appartenir au groupe des élèves studieux, et s'y faire de bons camarades, si le sentiment douloureux de son étrangeté ne le poussait à s'avilir dans l'espoir qu'enfin, on l'aime. Il ne sait pas comment se faire des amis. Il va vers ses camarades et reste planté devant eux, à les écouter parler, attendant qu'on lui propose de jouer. Mais on ne lui propose rien de tel. On ne lui dit que Va-t'en ou Dégage ! Ce qu'il ne comprend pas plus. Alors, il reste immobile, les yeux enfoncés dans sa figure trop pâle, à fixer pensivement les autres, même quand on le traite de débile, jusqu'à ce qu'on le bouscule, tandis que les deux aumôniers, un catholique et un protestant, regardent ailleurs et vantent leur chorale, l'éducation artistique et l'initiation méthodique à l'équitation. Puis il s'assied sur un banc depuis lequel, au loin, il aperçoit son frère pousser des cris de guerre en courant après un ballon.

Plus tard, certains diraient que tout cela s'était joué dès la naissance. Louise avait mis au monde Armand en pleine guerre. L'enfant était sorti à grand-peine, le visage bleu. Le cordon s'était enroulé autour du cou. Quand on l'avait libéré, sa respiration avait décéléré. Il avait passé plusieurs jours entre la vie et la mort. Louise avait eu si peur de le perdre que, tiré d'affaire, il était devenu sa passion. Ce fut réciproque. Des cheveux roux aux yeux bleu acier, en passant par la forme des oreilles, petites et rondes, ils se ressemblaient comme deux gouttes d'eau. On ne pouvait jamais décrocher Armand du sein de Louise qu'il passa tout le temps qu'il put à mâchouiller, yeux mi-clos, visage béat – bien longtemps après la naissance de son petit frère.

Quand ils arrivent en pension, les deux frères sont toujours collés l'un à l'autre. Après la classe, on les aperçoit, Harry, maigre et anguleux, Armand, rose et trapu, s'en aller sur les chemins, cribler de fléchettes le mur de la grange, s'y cacher pour fumer des cigarettes américaines, jouer aux cartes, ou discuter de longues heures, avec entrain, de choses mystérieuses. Qui les observe se dit qu'entre eux cela pourrait durer toujours. Cela ne dure pas. Les mois passent. L'aîné dévore tous les obstacles. Le cadet ne dévore que les livres. Le premier s'enhardit, grandit, grossit et devient un petit dieu de l'arithmétique. Rien n'écrase Armand, pas même l'excès de sa propre assurance. D'un mot, il taille en pièces qui lui résiste, se montre aussi impulsif que son cadet est timide, tient tête à tous, professeurs comme élèves, a des manières d'enfant gâté, et croit très fermement que, de même qu'il y a des tortues et des lions, il y a des riches et des pauvres, des faibles et des forts, et si les forts écrasent ou tuent les faibles, c'est la loi de la nature.

Insensiblement, Harry, jusque-là tapi dans l'ombre de son frère, se réfugie dans la beauté morte de lectures qui n'intéressent que lui. Tard dans la nuit quand les sept autres camarades avec qui il partage sa chambre se chamaillent à voix basse ou, couchés sur le ventre, se frottent, en silence, contre le drap de leur lit, dans le tréfonds obscur de son ennui, Harry attend de pouvoir enfin rentrer dans le vrai monde, rencontrer de vraies grandes personnes, avec qui il pourra avoir les vraies discussions que toujours on lui refuse et, dans cette attente, silencieuse, rageuse, solitaire, il se met à aimer les livres comme on aime les êtres. Il les lit, les relit, les serre dans ses bras, les renifle, les palpe, les entasse, les empile autour de son lit, élevant, du même coup, entre lui et ses camarades de chambre, un mur de plus en plus hermétique. Car il ne comprend pas ce qui permet que d'autres, tout aussi misérables et ridicules que lui, s'acharnent à la torture et à la tyrannie. Ils sont pourtant, eux aussi, songe Harry, en détaillant dans la pénombre les silhouettes des garçons étendus dans leur lit, avec le regard affamé de celui qui cherche la sortie du labyrinthe cachée dans le cœur de qui le comprendra enfin, ils sont sûrement, ou ont sûrement été, au moins une fois, réveillés en pleine nuit par l'ombre gigantesque de la souffrance humaine, la parfaite connaissance de notre destin commun, la peur de crever de solitude ou la pensée atroce que, sortis d'un trou, ils auront beau passer tout leur temps à creuser le sol de la chambre de leur esprit, étudier, aimer, lire, voyager, ils finiront un jour jetés dans un trou, effacés de la surface du monde.

On ne voit plus ni les champs ni les chemins ; la masse opaque de la forêt lointaine s'est évanouie dans les ténèbres. De l'autre côté de la fenêtre, le long ruban pâle de la voie lactée se déroule dans le ciel, loin de la vitre derrière laquelle Harry veille encore. La nuit jetée sur le visage, il continue de lire, une lampe de poche à la main. Tout autour de lui, les autres dorment enfin.

Parfois, Harry voudrait qu'ils ne se réveillent jamais. Et qu'on le laisse pendant des jours, des semaines, des années, s'enfouir tout entier dans ces tunnels de mots et d'images qu'il a de plus en plus de mal à quitter. La voix de la vie y est joviale et rude, provocante, bigarrée, pleine d'éclats et d'étoiles. L'aube le rend à sa solitude. Les professeurs l'aiment ; les élèves le fuient. En classe, son intérêt pour les constellations, les dynasties chinoises ou d'obscurs volcans sidère. Sa sympathie cachée pour les indépendantistes algériens le consume et n'apaise rien de sa honte de continuer à pisser au lit à treize ans (il voudrait qu'il sorte de son sexe autre chose, il a très bien compris à quoi jouent les autres dans les dortoirs ou sous les douches), ni de l'envie qui sans cesse lui noue la gorge. Car ce que veut Harry, ce qu'il veut vraiment, ce n'est pas seulement qu'on l'aime mais qu'on le craigne comme on craint son frère. Et que ce frère l'aime, même si, souvent, Harry méprise ses valeurs et ses choix. Mais Armand n'aime pas vraiment Harry, ou plutôt, il l'aime comme on est forcé d'aimer les bons chiens qui trottinent à nos côtés, tremblants et frétillants, et lancent de biais des regards humides qui appellent la caresse. Pour l'aîné, le cadet est surtout un boulet qui lui a refilé la rougeole, puis la varicelle, puis les oreillons, puis la grippe, et qu'il doit sans cesse surveiller, ainsi qu'il l'a promis à ses parents. Durant le voyage vers l'internat, son père lui a fait un long sermon : Ton frère est plus petit que toi mais si mignon, ton frère est plus fragile que toi mais si intelligent, ton frère est ton proche le plus proche, vous êtes sortis du même ventre, vous avez été faits avec le même cœur, je veux le meilleur pour vous deux, tu dois l'aimer et donner l'exemple. Mais Armand en a assez. Armand a beau tenter de donner à son visage une apparence de bienveillance quand ce nain toujours habillé comme lui, et qui copie même sa façon de tenir sa cigarette, entre le majeur et l'annulaire, lui sourit ou se jette à son cou en l'appelant mon grand frère chéri, il supporte de moins en moins de voir ses doigts chercher le contact de sa main. Ce qu'il veut, déjà, pense-t-il en se regardant avec amour le matin dans la glace quand il enfile son pantalon et sa chemise à petits boutons de nacre, ça n'est pas seulement travailler aux côtés de son père, comme un bon petit soldat. C'est faire encore mieux. Armand s'interrompt, et d'une grimace, chasse une pensée obscène de son esprit. Derrière la porte du bureau, il y a son père, chemise ouverte, pantalon baissé sur les mollets, et une fille trop maquillée qui le branle en riant aux éclats. Armand ouvre le robinet du lavabo, y plonge ses mains. L'eau froide coule sur la peau irritée de ses articulations. Il les frotte au savon, encore, et encore, les inspecte, les sèche méticuleusement, se regarde à nouveau dans la glace, éteint la lumière en appuyant sur l'interrupteur avec son coude, et sort. Il trouve son petit frère derrière un hangar, abandonné à demi nu dans la neige, les joues maculées de larmes. Il fait deux pas vers lui, lui tend la main. Harry le regarde de ses yeux immenses. De là où il est, son frère lui paraît plus grand encore. Il se lève, se blottit dans ses bras et, dans un sanglot, lui raconte tout : les insultes, les moqueries, la neige qu'on a glissée dans son caleçon pour que la tache humide le dénonce. Midi sonne. Les élèves serrés les uns contre les autres s'engouffrent, un à un, dans un réfectoire sombre et s'assoient devant leur assiette de potage. Armand fait irruption dans la salle, passe tête haute devant la grande table du directeur et des professeurs, qui trône sur une estrade, d'où elle domine, s'arrête, presque aussi rouge que ses cheveux, devant celui qui a insulté son petit frère. Sans un mot, il prend une assiette pleine de potage qu'il lui brise sur la tête. Le coup est si rude que l'échalas reste figé quelques instants, souillé de soupe. Des gloussements fusent. On tape sur les verres. On s'envoie des boulettes de pain. Le directeur hurle. Les aumôniers enragent. Armand exulte, à froid. Ma grand-mère s'assied sur le lit et me raconte encore cette histoire des deux frères en pension. Ils s'aimaient, ils s'aimaient vraiment, ton oncle a toujours protégé ton père, ils s'aimaient, ils s'aimaient bien, tu sais. Elle pleure. Je dis Ne te donne pas cette peine. Je sais tout. Alors, elle se lève lentement et disparaît dans le mur.

Je suis dans une autre chambre, il y a bien longtemps. Je suis petite. Peut-être neuf ans, peut-être dix. Guère plus. Je regarde une photographie de mon père couchée sous le celluloïd d'une page d'album photographique. Je touche la pointe froide de son nez. Je touche la pointe de mon nez. Je regarde une autre photographie. Mon oncle, ses cheveux très bouclés. Je touche mes cheveux très bouclés. Je jette un coup d'œil à gauche, puis à droite. J'embrasse la photographie. Je referme l'album. C'était une douleur qui avait l'immensité du monde. Ce n'est plus rien. Pas même une question. Une histoire, scellée dans les nuits d'enfance, qui m'a percutée, et tuée, il y a des siècles.

7

À la même époque, une autre enfant se trouve dans une autre pension bien plus modeste. Un matin, elle voit les boucles de ses cheveux blonds étalés en corolle autour de ses pieds. On vient de les lui couper, à ras. Elle était bien trop belle. Il fallait sévir. Elle a neuf ans. Son père ne s'est jamais remis de Buchenwald et de Schönebeck : du jour au lendemain, il a quitté femme et enfant pour l'Afrique. Sa mère a été internée après une nouvelle crise de démence. Ève chaparde chez les commerçants, écarte, le visage buté, sa culotte, sous les yeux de tous, incitant les camarades de son âge à l'imiter en secret, et ment comme elle respire, par pure volupté du mensonge. Sur décision du Tribunal pour enfants de la Seine, qui la décrit comme une enfant « psychopathique », « profondément traumatisée par les crises de délire de sa mère » et « l'abandon de son père », dont le « sens moral est nul », on la parque dans un pensionnat de banlieue dont elle devient très vite le mouton noir. Elle fait des lits en portefeuille, raconte des horreurs au confesseur de l'internat jusqu'à ce que, d'angoisse et de dégoût, le bonhomme se signe, elle vole les bonbons et les biscuits que les parents envoient aux autres pensionnaires, sectionne la natte de sa voisine de classe. Un jour, on la conduit en voiture à l'hôpital. Elle traverse une série de couloirs. On la fait entrer dans une chambre. Elle voit une femme couchée, la face pâle, un pansement autour du crâne, les bras entravés par une camisole. Elle reste longtemps au pied du lit, à la regarder. C'est sa mère mais ce n'est plus sa mère. C'est juste un chiffon, un petit chiffon tout mou et tout vide. Alors, elle décide qu'elle ne dépendra jamais de rien, ni de personne. Sa mère, elle la sortira de là, et un jour elle lui fera une vie, entièrement nouvelle, une vie riche, une vie heureuse et belle, coûte que coûte, « par n'importe quel moyen » – et peut-être entend-elle déjà le son étrange de cette formule dans sa tête, tout l'avenir inconnu qu'elle est en train de changer en une aiguille à percer les cœurs et les âmes par sa beauté. Quand on la reconduit à la pension, Ève ment à ses camarades. Elle prétend qu'elle a passé l'après-midi à faire les courses dans les grands magasins avec sa maman, avec tout l'argent que son riche papa, qui est explorateur en Afrique, leur a envoyé. Dans la soirée, en se rendant dans la salle des douches, elle entend deux de ses camarades ricaner Ah, celle-là, sa mère est complètement folle, tous les ans elle va faire un séjour chez les dingos, les dingos, parce qu'elle est dingo, et elle aussi, la menteuse qui raconte partout qu'elle est une petite princesse juive et que son père est explorateur en Afrique, elle finira dingo chez les dingos.

Le lendemain, les religieuses de la pension trouvent un chaton mort dans le jardin. On l'a étranglé.

8

Alger, 1961-1962

Les glycines fleurissent. Le soleil les brûle. Elles flétrissent, se recroquevillent et tombent. L'été s'avance. Dans les rues de Bab-el-Oued, on se met à suspendre des Algériens à des cordes à linge. On les imbibe d'essence pour les transformer en torches. Rue Michelet, des tueurs des groupes Delta de l'OAS s'amusent à tirer, avec une seule et même balle, sur plusieurs Algériens rangés en file indienne, comme on le fait sur des canards en bois dans les fêtes foraines. Au matin du 23 juin 1961, un cri retentit dans la maison de la rue d'Isly. Joseph se précipite dans la chambre d'Henriette, la mère de Louise, saisi par le pressentiment d'un grand malheur. Cheikh Raymond, l'un des plus grands maîtres de la musique arabo-andalouse, adulé par les communautés juives et musulmanes qui, en pleine guerre, continuait à chanter, avec une ferveur surnaturelle, l'amour courtois et l'élan vers Dieu, a été abattu d'une balle dans la nuque, la veille, en plein jour, dans le souk de Constantine, alors qu'il faisait ses courses. Son meurtrier a disparu dans la foule. Debout dans sa chambre, Henriette, en pantoufles et robe de chambre ouverte sur une longue chemise de nuit qui sent les fleurs fanées, est pâle comme le drap de son lit. La nouvelle se propage dans toute l'Algérie. Des amis commencent à affluer dans la maison. Ils se soutiennent, s'étreignent, crient Ils ont tué le frère des Arabes, ils nous tueront aussi. Il n'y a plus d'espoir. Il faut partir.

Joseph remonte la rue qui mène à sa clinique, écrasé de douleur. Il a haï Pétain mais se méfie du général de Gaulle. Il a parlé arabe avant de parler français, il se considère comme algérien, pense que les juifs et les musulmans sont frères et qu'au lieu de se battre comme des bêtes les uns contre les autres, le racisme qu'ils subissent de la part des colons comme de l'administration et de la police devrait les inciter à déposer les armes, et à dénoncer, ensemble, le rôle de marionnettes qu'on veut leur faire jouer. À la clinique, il ne fait pas de différence entre le personnel juif et le personnel arabe, comme il ne fait pas non plus de différence entre les patients. Un malade est un malade. Il ne voit qu'une personne en souffrance, une personne à soulager. Il ne voit que cela : des corps et des douleurs, et, en contrepoint, la certitude de faire le bien. Mot d'ordre à ses troupes : un capitaine ne quitte pas son navire quand il prend l'eau. Il reste digne et droit, jusqu'au bout. Pas question, dit-il aux médecins et aux infirmières, de se laisser intimider ni gagner par la peur. On continue d'opérer et d'accoucher tout le monde, sans distinction.

Les choses se précipitent. La réceptionniste de la clinique soutient ouvertement le FLN. Bien que juifs, plusieurs médecins de la clinique veulent une Algérie indépendante. Deux médecins qui travaillent aux Glycines reçoivent des demandes de rançon de l'OAS. L'un d'eux refuse. On menace d'enlever sa fille de quinze ans. Le lendemain, il expédie son enfant en France par le premier avion. Joseph lui aussi prend l'avion. Officiellement, pour aller voir ses fils, qui doivent s'inscrire à l'université en médecine. En réalité, il est en train d'organiser la fuite de sa femme, de sa belle-mère, et d'une partie du personnel qui travaille avec lui.

Un soir qu'il roule sur une route de campagne, sa voiture tombe en panne, le laissant en rade, sous des trombes d'eau, au milieu de nulle part. Il fait froid. La terre détrempée s'enfonce sous ses pas. Les pommes qui finissent de pourrir dans l'herbe crottent ses souliers. Il ne distingue qu'un vieux cimetière blotti autour d'une église aux tombes ensevelies sous les fleurs de la Toussaint. Tout à coup, un chien à la robe noir et feu surgit de la nuit, babines retroussées. Apparaît une femme, toute jeune, bottes hautes, engoncée dans un gilet de laine d'où dépasse une robe à grosses fleurs, un bâton dans une main, une lampe-tempête dans l'autre. Elle conduit Joseph jusqu'à une ferme assez vétuste, dans la cour de laquelle s'entassent des fourches, des roues de charrette, des seaux, des colliers pour les bêtes, un tracteur, des pneus, un clapier à lapins et des chaînes, sort pour lui du café, du beurre, de grandes tartines, une soupe et un morceau de lard. Des bûches de pommier sec craquent dans le feu. Quand son mari a fini de s'occuper des vaches, il va sous la pluie jusqu'à la voiture, la fait redémarrer, puis s'apprête à repartir quand soudain Joseph lui tend une liasse de billets. L'homme essuie ses mains sur son gros pull de laine, et grimace de dégoût. Vous vous croyez où, avec votre bagnole et vos souliers vernis ? Vous pouvez le garder, votre sale pognon, j'en veux pas. Joseph exulte. Cela fait longtemps que plus personne n'a osé lui parler ainsi. Il remercie le paysan, qui le dévisage, abasourdi, et insiste : Donnez-moi au moins votre numéro de téléphone. Je reviendrai vous voir un jour.

L'homme cligne des yeux, visse sa casquette grise sur la tête, dit qu'il n'a pas le téléphone mais que si on y tient vraiment, on peut toujours le trouver ici à la ferme, ou de l'autre côté de l'eau, dans le champ, puis il s'en va, son chien sur les talons.

Le 26 mars 1962, une foule de civils européens venus protester contre le bouclage du quartier de Bab-el-Oued, devenu bastion de l'OAS, se rassemble plateau des Glières. Devant la rue d'Isly, où habitent Joseph et sa famille, ils se heurtent à un barrage. Quinze tirailleurs musulmans pointent les armes sur eux. Le lieutenant européen qui les commande hurle N'avancez pas, mes hommes ont l'ordre de tirer. Mais la foule des manifestants grossit encore. Ils forcent le passage. Des coups de feu éclatent. Les militaires répliquent. Ils tirent dans la foule. Un fils et son père tombent à terre, main dans la main. Une femme hurle, pointant du doigt un homme décapité par une rafale. La foule crie Halte au feu ! Nom de Dieu ! Les rafales continuent. Affolés, des manifestants se réfugient dans un magasin de mode. On les tue à bout portant. Une semaine plus tard, le 4 avril 1962, les journaux rapportent qu'un groupe de quinze tueurs de l'OAS a fait irruption dans une clinique de la Bouzareah. Ils tiraient sur les patients musulmans. Des malades ont sauté par la fenêtre. Les tueurs se sont lancés à leur poursuite. On retrouvera l'un d'eux la tête éclatée, ensevelie sous des branches fleuries déchiquetées par les balles. Des glycines.

Louise, ses sœurs, sa mère, Joseph, son chauffeur algérien, et plusieurs infirmières se tiennent serrés les uns contre les autres sur le pont d'un ferry, au milieu d'une cohue humaine. Le port, ses quais, ses môles, ses jetées, ses bassins, défile. Une avenue s'enfuit à perte de vue. Le minaret de la mosquée de la pêcherie et les coupoles roses de Notre-Dame d'Afrique scintillent une dernière fois. Primeurs, cireurs, marchands de journaux, pêcheurs, enfants, et marins ne sont plus que des fourmis. Bougie, Djidjelli et Collo, des confettis. Quelques barques flottent encore autour du paquebot comme des mouches. Puis plus rien. Tache blanche, qui se floute, s'estompe, puis s'efface. La ville s'évanouit. La terre s'évapore. Quelqu'un hurle. Une femme vient de faire un malaise. Joseph se précipite. Je suis médecin, laissez-moi passer. Debout sur le pont avant, appuyée sur la rambarde, Louise fixe la Méditerranée vide de toutes ces épaves fantômes qui la hanteront cinquante ans plus tard – car ainsi voguons-nous disloqués dans la tempête des années, otages de la mer sombre où l'exil des uns n'efface jamais celui des autres, coupables et victimes du passé.

9

Au début, c'est un coup qui fend le crâne. Les oreilles bourdonnent. La vision se brouille. Cela brûle le cœur, et presse, serre, loin, en dedans. Le corps se vide, encore, et encore, en diarrhées aiguës. Ils se disent que ça n'est pas possible. Exactement comme quand nous perdons quelqu'un : on se dit que ça n'est pas possible, non ce n'est pas vrai. Il n'est pas mort. On ne peut pas vivre sans lui. C'est une erreur. Il va revenir, il va revenir.

Ils se racontent qu'ils y retourneront. Que c'est sûrement une erreur. Qu'on ne fait pas ça à ses frères. Les Algériens vont bien finir par se rendre compte qu'ils font fausse route, leur demander de revenir. Ils retrouveront leur maison, leur lit, leurs amis, leurs collègues, leurs employés, leurs terres, et tout recommencera. La nuit, ils retournent en rêve chez eux. Ils ouvrent la porte de leur maison. Ils mangent dans leur salle à manger. Ils reçoivent leurs amis au jardin pendant que les enfants jouent sous les palmiers. Ils marchent dans le soleil brûlant. Ils se promènent dans l'ocre et le jaune des blés, dans le vert des oliviers et des orangers. Ils dansent sur le sable et se baignent dans la brûlure fraîche de la mer. Ils dorment dans leur lit puis, soudain, se réveillent en sursaut, les yeux hagards, dans une chambre qu'on a bien voulu leur louer au double du prix. Dehors, sur le port, flotte une banderole sur laquelle on peut lire « Les pieds-noirs à la mer ».

Recroquevillée contre son mari dans un lit étroit comme une tombe, Louise pense à celle de son père qu'elle ne pourra plus jamais fleurir et éclate en sanglots.

10

Au tournant de novembre, la Normandie s'enfonce dans ses mois noirs. Le froid s'élève. Les routes pour Paris, Rouen, ou Le Havre se remplissent d'automobiles. Les citadins désertent leurs résidences secondaires, abandonnant les lignes de pommiers dénudés, les haies couvertes de gel, les champs gorgés d'eau saumâtre que survolent des nuées de corbeaux, les roues à aube des moulins, les nénuphars jaunes des rivières, les chaumières et les fermes aux portes desquelles sont cloués des fers à cheval. À mi-chemin de Louviers et d'Évreux, seules les fenêtres illuminées d'un immense château aux remparts fiers et mélancoliques se reflètent dans l'Iton. De la forteresse d'origine du XIIe siècle, ne subsistent qu'une tour et des souterrains, miraculeusement rescapés de la destruction du reste du bâtiment restauré une première fois au XVIe siècle, puis détruit, à nouveau, sous la Restauration, puis réédifié, vers 1930, avant de devenir, pendant la Seconde Guerre mondiale, un lieu où s'arrêta Einsenhower, comme si ce château entassait pêle-mêle plusieurs époques, jamais totalement effacées, mais, plutôt, monstrueusement imbriquées les unes dans les autres.

L'intérieur est à l'avenant. Au détour d'un couloir tendu de rideaux vert émeraude, une Diane de marbre tire sur la peau d'un tigre. Plus loin, des guerriers Ming en ivoire se battent sur un jeu d'échecs sous le regard amusé d'une jeune femme suspendue à une balancelle : un Watteau. Un pâtre d'ébène ignore un poisson-lune joufflu qui menace de gober un trois-mâts prisonnier d'une bouteille posée sur un piano à queue en laque blanche tout près d'une table Louis XIII, sur laquelle macèrent, dans une soupière d'argent sculptée d'animaux fantastiques et frappée aux initiales du patriarche de la famille, les restes d'un potage crémeux. Pris isolément, chacun de ces objets est somptueux. Juxtaposés, ils offensent le regard. À la cuisine, des citrouilles au ventre orangé et des tomates dodues mijotent dans une marmite. Les aiguières en cristal regorgent de vin d'Espagne. De grosses volailles dont les plumes jonchent la nappe à carreaux mijotent dans trois cocottes en fonte. Tout à l'heure, on débarrassera la table. Puis on la dressera, à l'identique. Et ils se remettront à manger.

Ils mangent sans trêve et souvent sans faim. À peine sortis de table, ils songent déjà au repas du soir. Ils se couchent à la tombée de la nuit et se relèvent quand c'est encore la nuit, pour se diriger, les yeux mi-clos, dans le sommeil de la vie qu'ils ont laissée de l'autre côté de la Méditerranée, jusqu'au garde-manger, emplir les assiettes de porcelaine empilées là par précaution, puis se serrent les uns contre les autres autour d'un feu. Depuis qu'ils se sont enfouis dans leur orgueil et le bruissement de leurs regrets, il faut sans cesse cuisiner pour les nourrir, tant et si bien qu'ils se mettent tous, le père, la mère, et les deux fils, à outrepasser les limites de leur corps, dans un lent suicide de graisse et de sucres. Quand ils ne mangent pas, ils passent, lourds comme des cadavres, de chambre en chambre, de couloir en couloir, de la salle à manger au parc, du parc à la piscine, de la piscine à leurs voitures de sport, de leurs voitures de sport à la rivière, de la rivière à la terrasse, de la terrasse à leur chambre, de leur chambre à la salle de jeux, de la salle de jeux au fumoir, et du fumoir à la salle à manger. Pourtant, ils sont joyeux, d'une joie excessive, débordante, énorme, elle aussi, qui les fait plonger dans la belle piscine chauffée tout habillés, assommer avec de gros bâtons ou le manche d'un marteau les belles truites de la rivière voisine. Tous ceux qu'ils invitent repartent du château gavés de brioches, de tartes, de couscous, de bouchées à la reine, de lièvre, de faisan et de souvenirs sidérés – spectacle d'une abondance qui feint la vie avec une constance merveilleuse, et ne laisse pas d'étonner. Tout est énorme, les repas, les meubles, les toiles de maîtres, les voitures, comme dans ces rêves où quelque chose apparaît au moment précis où nous le désirons, parfois même avant, glissant insidieusement dans le cauchemar.

Naturellement, on ne parle jamais d'argent. En parler, c'est vulgaire, et, plus encore, commencer à le compter. S'il venait à manquer, il faudrait dire non à quelque chose, se priver, agiter à nouveau le spectre de l'exil. Ainsi flottent-ils dans l'illusion que si tout est si brillant, si magnifique, si grandiose et remarquable, dans la reconstitution méticuleuse de ce qu'ils ont connu à Alger, et plus encore, alors, rien ne mourra jamais. Le parc est si grand, ils deviennent si lourds, qu'au fil du temps ils ne s'y déplaceront plus qu'en Lotus ou en Ferrari. On tond et retond la pelouse dans leur sillage. On taille et retaille les haies. On cure et recure la glaise chaude de la mare. On élague pommiers, poiriers, cerisiers, ormes, saule et chênes. On nourrit le feu. On brique l'argenterie, la porcelaine, les verres en cristal de Baccarat, les couverts en argent, et ceux en vermeil. Un jardinier, une cuisinière et une femme de chambre n'y suffisent pas. Joseph a retrouvé le couple de paysans qui l'a aidé à réparer sa voiture : Christelle et Victorin s'aiment depuis l'enfance. Ils ont fréquenté les mêmes cours de catéchisme, les mêmes foires mensuelles, les mêmes inhumations et les mêmes noces, avant d'organiser les leurs. Ils veulent, eux aussi, comme certains de leurs camarades qui ont délaissé la ferme parentale et quitté la région, pour aller tenter leur chance à Évreux, à Rouen ou même à Paris, essayer d'échapper à la misère et profiter de leur jeunesse. Ils n'ont pour eux qu'un grand herbage, un coin où ils font du maïs, dix vaches qu'ils ont achetées en s'endettant, un taureau qu'ils font paître dans un carré clôturé, deux grands veaux noir et blanc, et une percheronne qui fait office de tracteur. Comme leurs parents avant eux, ils vivent dans l'angoisse de la perte d'une bête, disent qu'il ne fera jamais assez beau au moment des foins, ni assez humide pour que poussent l'herbe, les betteraves et le maïs. Quand Joseph leur propose de devenir les gardiens de cette bâtisse irréelle devant laquelle ils passent, depuis l'enfance, à pied ou à vélo, sans avoir jamais pu y pénétrer, et de séjourner, au dernier étage, dans de vastes chambres, leur promettant que s'ils ont des enfants ils pourront les élever sur place, et qu'ils pourront même profiter de la piscine, eux ne résistent pas longtemps à ces châtelains d'un nouveau genre. À la fin de l'hiver 1962, un grand malheur leur est arrivé. Christelle a retrouvé son père pendu dans la grange. Il vivait depuis des années dans la colère de n'avoir pas été le premier de son village à posséder un de ces nouveaux tracteurs qui ont fait leur apparition après la guerre. Son frère, lui, s'en était offert un. Il l'épiait, pardessus la haie, s'étouffant de sa haine. C'est sa fille qui a demandé au médecin venu pour le décrocher d'écrire « accident » plutôt que « suicide » sur le certificat de décès, pour que son cercueil puisse entrer dans l'église, et qu'il ne soit pas enterré, face contre terre, dans le carré des indigents. Personne n'en a parlé. Mais chacun sait bien comment, ici, les plus démunis s'y prennent pour se laisser mourir. On les retrouve accrochés à la poutre d'une grange, asphyxiés dans une voiture, jetés au fond d'un puits, en s'étonnant de voir dans leur chambre leurs affaires mises en ordre, ou même, posée sur le lit, la tenue dans laquelle il faudrait les habiller avant de les glisser dans un cercueil qui viendrait rejoindre tous ceux enfouis dans le cimetière jouxtant le château, et dans lequel, enfant, je disparaissais, de longues heures, loin des adultes et de toutes leurs préoccupations, aimantée, déjà, par le ciel trop grand, les voix des morts, les broussailles, et tous les lieux où je pouvais perdre ma propre trace.

11

« Paris, le 14 avril 1968

Monsieur Harry,

Nous avons l'honneur de vous demander les mêmes privilèges que votre père accorde à sa maîtresse, la directrice des infirmières, pendant les heures de son service. Nous aimerions aussi pouvoir jouir entre 13 heures et 15 h 30 d'un moment de détente. Nous n'avons pas la prétention de demander au directeur de nous prendre en charge à la place Jussieu comme il le fait souvent en taxi ou dans sa voiture avec elle. Mais nos maris pourraient venir eux aussi nous cueillir en face de la clinique sans se cacher. Votre père vous écoute. Nous savons aussi que vous êtes le seul à nous considérer. Respectueusement nous vous demandons donc de nous aider à rendre à notre maison une autre atmosphère que celle d'un bordel. En effet, depuis que le bureau de la direction est moins souvent ouvert à la grande patronne, la poule faisandée lui colle aux fesses dès son arrivée et jusqu'à son départ, au café, aux journaux, dans les couloirs, dans l'entrée de la clinique, au

Ibis de la rue Lacépède. Cela provoque bien des rires et des inquiétudes. Nous avons toujours le même respect pour les personnes qui nous procurent du travail et nous avons aussi du respect pour votre mère, pauvre femme ignorante de tout ce qui se trame. Si la situation se poursuivait nous serions dans l'obligation de l'en informer. Nous n'avons pas la prétention de juger l'attitude de la direction. Mais cette fois, nous n'accepterons plus, nous, infirmières, aides-soignantes, brancardiers, et petites mains du petit personnel, d'être jetés à la porte sans aucune raison, sauf les raisons d'être contre le déshonneur.

Cordialement »

La lettre, tapée à la machine, n'est pas signée.

À cette époque, l'empire médical de Joseph brille de tous ses feux. Cette clinique, c'est une outre pleine d'or. On y naît. L'argent tombe. On s'y fait soigner. L'argent tombe. On y meurt. L'argent tombe, les bénéfices augmentent. En cette année 1968, un ogre financier et un ange évaporé hantent tous les week-ends les couloirs de la clinique familiale, fièrement boudinés dans leur blouse blanche. Joseph est persuadé que ses deux fils deviendront médecins et prendront la relève. Il adore son cadet comme on aime férocement la part perdue de soi-même, celle dont on s'est amputé pour réussir ; la voracité de son aîné l'épouvante mais il l'admire. Le roi regarde ses petits Dioscures s'essayer à vivre, à penser et, déjà, à régner à deux un jour dans leur Olympe, main dans la main. Il leur montre des bilans d'activité, ne leur cache rien des recettes d'hospitalisation comme des dépenses, leur fait calculer des prévisions à deux, puis à cinq ans. Un jour, leur dit-il, tout cela sera à vous. Les études de médecine que Harry et Armand ont entreprises relèvent de la boucherie pédagogique. Vous avez dix-huit ans. On vous fait comprendre que si vous voulez réussir, il va falloir écraser les autres. Devenir un tueur, en somme. Et si vous devenez le meilleur des tueurs, vous pouvez prétendre à devenir médecin, et consacrer ensuite votre vie à en sauver d'autres, c'est-à-dire à travailler contre la mort et avec elle, en permanence, en attendant de rejoindre, à votre tour, le grand ossuaire universel. En 1968, le goulot d'étranglement de la PACES, la première année de médecine, qu'il faut réussir pour ne pas redoubler, n'existe pas encore. En revanche, tout est déjà organisé pour faire sentir à des gamins qui viennent à peine de sortir du baccalauréat qu'il n'y aura pas de place pour tout le monde. Seuls les étudiants ayant, comme Armand, obtenu les meilleures notes en deuxième année ont le privilège d'être promus externes des Hôpitaux de Paris. Tous les autres sont traités comme des parasites des services hospitaliers. Ils ne peuvent pas s'occuper des malades, ni même assister activement les médecins. Ce sont de simples figurants. Tel devrait être le cas de Harry. Jamais aussi bien qu'Armand. Jamais à sa hauteur. L'aîné avance, valide sa sixième année, se spécialise en gynécologie, déjà on parle de lui dans le milieu médical, on le respecte et on le craint, on dit qu'il sera comme son père, un très grand médecin, et un très grand patron de clinique. Il se trouve même une épouse : Judith, blonde mais pas vulgaire, érudite mais pas menaçante, féminine mais juste comme il faut, pianiste virtuose mais humble, qui lui joue du Chopin comme sur un disque mais cuisine encore mieux que sa mère. Le cadet, lui, stagne et devient donc, selon les standards de son milieu, un pauvre type. Mais à la clinique, c'est Joseph le chef. Si le chef a décidé que Harry doit être traité comme un médecin, qu'il doit assister à l'appendicectomie du gamin de la chambre 8 ou à l'accouchement de la 211, tous s'exécutent. Pas un seul instant mon grand-père n'envisage autre chose que médecine pour ses enfants. Devenir médecin, c'est devenir un homme. Quand un jour, à table, Harry exprime le désir de se consacrer à la psychanalyse, parce que la seule chose qui lui plaît vraiment à la clinique, c'est d'être au plus près des gens en souffrance morale, et de les aider à aller mieux, ou peut-être de faire des études de cinéma, sa grand-mère Henriette le dévisage dans un silence sépulcral, sa mère se raidit, sanglote, gémit, Tu me déçois, ah, comme tu me déçois, son frère lève des yeux désolés vers l'azur de ses principes, son père lui fait un sourire attendri, puis demande de lui passer le vin. Et il n'en est ensuite plus jamais question.

Car il n'est, ici, pas question d'avoir des rêves personnels. La perfection n'en tolère pas. Naturellement, même si les artistes sont, dit Louise, des « êtres dilettantes, oisifs et aux mœurs légères », on peut aimer don Miguel de Cervantès, Marcel Proust, Albert Camus, Francisco de Goya, Diego Velázquez, Alfred Hitchcock, Jean-Sébastien Bach, Barbara ou Jacques Brel parce que ce sont des « artistes remarquables ». Mais ce ne sont pas des goûts personnels, ce sont les goûts qu'il convient d'avoir. Il ne convient pas, en revanche, de vouloir soi-même avoir des « prétentions artistiques », non parce qu'on risquerait de ne pas être à la hauteur – gonflé par le souffle de la sûreté de soi, on pense que l'on ne peut qu'exceller dans tout ce que l'on touche –, mais parce que ce sont là des prétentions qui s'écartent du grand rêve familial. Le grand rêve familial ne déborde pas sur les autres rêves ; il dégouline sur eux comme du caoutchouc doré ; il les asphyxie ; puis les crève. La poursuite du bonheur personnel ne peut donc passer que par celle de la gloire de la clinique : elle établira les futurs fils, dotera les futures filles, on se mariera, on se reproduira, et la fortune prospérera sans léser personne. La gloire de la clinique passe par la soumission totale à sa loi, pour les membres de la famille, comme pour tous ceux qui travaillent avec eux. Tant qu'on opère bien, ou qu'on sait bien faire une injection, ou remplacer une poche de perfusion, qu'on est loyal et respectueux vis-à-vis du clan, on reste dans les petits papiers du patron. Mais dès qu'on transgresse les règles, on devient gênant. Et si l'on est gênant, alors le système se grippe et devient moins rentable : patients et médecins finiront par aller voir ailleurs. Alors, tout le monde surveille tout le monde. Joseph surveille ses fils. Ses fils surveillent les médecins. Les médecins surveillent les internes. Les internes surveillent les infirmières. Les infirmières surveillent le bien-être des patients. Les patients et leurs proches surveillent les signes d'inquiétude sur les visages des médecins. La maîtresse de Joseph surveille les anciennes maîtresses ou celles qui aspirent à l'être et Louise. Louise surveille Joseph et sa maîtresse en titre. La réceptionniste, dans l'entrée, surveille tout le monde, même le patron. Et les singes de l'autre zoo, celui d'en face, ricanent.

Harry a donc une vie de fils. Une vie de frère. Une vie d'étudiant. Une vie à la clinique. Et dans chacun de ces rôles se sent le plus médiocre, le plus terne. Un déchet, qui ne peut pas même compter sur celle dans les organes de laquelle il a baigné pendant neuf mois : sa mère. Que son second petit bout de chair ne lui ressemble en rien est pour Louise une stupéfaction toujours renouvelée. Aussi déverse-t-elle sur Harry toute la glu de son angoisse maternelle, dès qu'il disparaît trop longtemps de son champ de vision (« Où étais-tu, à quoi tu penses, pourquoi tu fais cette tête, tu ne veux pas dire à quoi tu penses, mais enfin, à quoi penses-tu, tu me caches quelque chose, mon fils, comme tu es pâle, mange, allez mange, pourquoi tu ne manges pas, tu me fais de la peine »). Et ainsi Harry s'évertue-t-il à risquer des ivresses de plus en plus loin de la petite colonie pénitentiaire familiale, dès que le jour tombe. Sa vraie vie, celle qui allume ses yeux d'un feu ardent, celle qui le creuse et lui fait creuser toujours plus profondément d'autres galeries dans les mondes et les palais de mémoire de son crâne, c'est sa vie invisible, avec Kafka, Strindberg, Ingmar Bergman, ou son télescope. Mais pas seulement. L'appareil reproducteur féminin, ainsi qu'on le nomme dans les manuels de gynécologie de son frère aîné, n'intéresse pas Harry à titre universitaire. Il aime les femmes. Les écouter, les regarder, les respirer, les consoler, les faire rire. Les baiser. Les faire jouir. Il en fréquente. La nuit, dans des mondes dont sa famille ignore tout. Des portes s'ouvrent. Lumières rougeoyantes. Frénésie des rires, des corps, des odeurs. Un bar. Une boîte de nuit. Une chambre. Une femme. Des femmes. Elles sont si différentes de sa mère – si silencieuses, si secrètes. Il se jette dans leur nudité, s'immole dans leur pudeur, leurs étreintes, leur tendresse, leurs cris de plaisir mais, au matin, tourmenté par une tristesse grisante comme une odeur d'essence, il s'évapore de leur lit et repart vers le destin qu'on a choisi pour lui. Il enfile une blouse blanche, macère dans une camisole de principes avec un calme de plus en plus grand, suit, de plus en plus lentement, son frère et son père dans les couloirs de la clinique, se tenant auprès des malades, dans une atonie que l'on prend pour de l'empathie et une extrême gentillesse.

Monde affreux où nous disparaissons comme nous sommes apparus, zoo rempli de glapissements et de cris d'effroi, jungle où l'on doit dévorer ou bien se terrer pour ne pas l'être, petit théâtre minable, petit cachot étoilé odieux où la fillette, accourant dans les bras de la mère ou de l'oncle parce qu'elle est persuadée d'avoir vu un fantôme dans le couloir, n'y trouvera que les serpents de leur orgueil. À l'instant où j'écris ces lignes, cette lettre envoyée à mon père le 14 avril 1968 est posée sur mon bureau. Je regarde mon père. Il me regarde à son tour puis range la lettre dans un tiroir dans lequel se trouvent déjà plusieurs courriers que, depuis plusieurs années, son père lui demande de cacher pour couvrir ses frasques sexuelles et le protéger du scandale. Ce sont deux cartes, postées depuis Alger, et que j'ai également toujours conservées dans un tiroir, sur lesquelles un enfant algérien raconte ses journées à Joseph, en l'appelant « mon cher pépé ». Le lendemain, comme tous les lundis matin, Harry prend le train à l'aube pour rentrer à Tours, où il poursuit ses études de médecine. Il arrive dans l'amphithéâtre plein à craquer. Des étudiants dévalent les escaliers. On se salue. On se chahute. On s'ignore. L'atmosphère est électrique. Ceux qui ont fait ces études par pure conviction politique, pour remettre en cause tout ce qu'on leur serine depuis le début de leurs cursus sur le rôle du médecin dans la société, tractent à tout va. Ailleurs, en Espagne, en Italie, en Belgique, au Japon, en Égypte, en Allemagne, aux États-Unis, et même en Algérie, les étudiants ont allumé la mèche d'un feu qui ne s'éteindra plus. À Rome, la police a chargé violemment pour évacuer un amphithéâtre dans la Villa Borghèse. En Caroline du Sud, trois étudiants ont été tués pendant une manifestation pour les droits civiques. En Pologne, la police communiste se livre à une vaste purge de tous les étudiants juifs. À la faculté de Nanterre, une centaine d'étudiants se sont lancés à l'assaut de la tour centrale administrative, fief de l'autorité universitaire, pour protester contre l'impérialisme des mandarins, réclamer la libre circulation des filles et des garçons dans les résidences, et la libération d'un militant du Comité Vietnam arrêté pendant une manifestation antiaméricaine. Harry aperçoit, de loin, un camarade qui lui a gardé une place au troisième rang et lui fait de grands signes de la main. Il descend les marches, le rejoint mais, au moment de s'asseoir, il capte les voix des vantards vautrés au dernier rang, encore tout auréolés de leur gloire d'avoir fait avaler de la pâtée pour chien aux gamins de première année, de les avoir fait ramper dans de la merde ou des tripes de poisson, ou forcés à s'enfoncer une fourchette dans les fesses, comme ils y ont eux-mêmes été contraints, deux ans plus tôt. Il croise le regard plein de terreur des gamins levés depuis cinq heures du matin pour avoir les meilleures places dans l'amphi. Il reconnaît les rejetons de familles comme la sienne : eux savent déjà que même s'ils ont l'externat, les professeurs, qui connaissent leurs parents, les traiteront comme des chiens s'ils ne finissent pas par passer le concours de l'internat. Et puis il y a ceux dont les parents se saignent aux quatre veines pour leur payer un studio, tétanisés à l'idée qu'on leur dise, un jour, Il faut que tu arrêtes les études, on ne peut plus payer. Ceux qui vous vendent des faux polycopiés pour vous faire planter vos examens. Ceux qui se réjouissent quand vous êtes malade, parce que ça en fera toujours un de moins. Ceux qui sont tombés fous amoureux, et qui, au lieu de travailler, passent leur temps à baiser, mais qui finiront par se quitter, parce qu'ils ne sont pas du même milieu. Harry aperçoit les filles, bien moins nombreuses, assises dans les premiers rangs, certaines habitées par la vocation qui donne à leur regard une beauté turbulente, terrorisées à l'idée de tomber enceintes ; mais d'autres, qui sont juste là, à la recherche du bon parti, parce que leurs parents leur ont dit que c'était sur les bancs de la faculté de médecine qu'on trouvait les meilleurs maris, et qui bâillent pendant le cours d'anatomie ou de traumatologie, en rêvant à la jolie robe de couturier qu'elles porteront le jour de leurs noces. Il regarde son ami. Il pose une main sur son épaule. Il lui sourit, puis sans un mot se redresse, attrape sa sacoche. Il quitte l'amphithéâtre. Il sort de la faculté de médecine. Prend un train pour Paris. Il n'ira plus jamais en cours. À nouveau je l'aperçois, inerte, presque rigide, sur la banquette de moleskine d'un casino. Puis, il disparaît tout entier dans la contemplation de la petite bille qui entame sa course folle, rebondit, manque de s'arrêter sur une case, et, dans un dernier tressautement, s'immobilise sur celle d'à côté. Il a gagné. Il est l'élu. On le regarde. Personne ne parle. On n'entend plus que le cliquetis des jetons que les croupiers ramassent. Il joue de nouveau. Il double sa mise. Il gagne. Puis il perd. Perd encore. Et gagne encore plus. Et reperd tout. Le bout de ses doigts le pique. Il sourit. Il va se refaire. Il doit se refaire. Il augmente les mises. Les gains s'accumulent. Les pertes se creusent, énormes, gigantesques, abyssales. Il joue son va-tout, fait tapis, prend la clé de sa voiture, la jette au croupier. Des curieux se pressent autour de la table. On ne l'arrête pas. Il ne s'arrêtera plus. L'aube vient. Il sort du casino enfumé comme une bouche de l'enfer, les poches vides. Il a vingt-six ans. Il marche, sous les nuages rapides. Ses grands yeux envahis de brume noire regardent la région du ciel où se forme un œuf de plus en plus lumineux. Une bande gris-bleu surmontée de rose s'élève au-dessus de l'horizon. L'ombre projetée de la terre s'étire en un sidérant ballet de couleurs, à l'opposé du soleil. Alors, Harry se met à rire. Il rit comme jamais. Il ne peut plus s'arrêter de rire.

12

« Paris, le 25 novembre 1975

Pour ta voix qui me fait bander. Pour tes silences qui m'enseignent. Pour tes seins à foutre, ta bouche à jouir, pulpeuse, rosée. Pour les perles de sueur sur tes épaules. Pour les ailes de ton nez qui frémissent et se retroussent à la moindre contrariété. Pour ton visage du matin, ton visage fardé, ton con velu, ton con rasé, ton con inextinguible capable de m'assoiffer la bouche et la queue. Pour tes sanglots quand tu as joui entre mes bras, hier, en haut des marches d'escalier, tes yeux rivés dans les miens. Pour tes mensonges d'enfant sauvage. Pour toutes les larmes que tu as versées pour ta mère. Pour ce bébé que tu attends et qui sera le couronnement de tout, j'en suis sûr. Ève, tu es mon unique, et je suis à tes genoux. On me dit que je devrais te haïr. Mais je ne peux que haïr tout ce qui n'est pas toi. Je devrais te fuir. Mais on ne fuit pas ce qu'on cherchait depuis toujours : on s'y jette, comme on entre en religion. La joie avec toi vaut bien plus que toutes les richesses du monde. Tu es grande, d'une grandeur amère, qui ravage

tout, détruit tout, mais sort les gens d'eux-mêmes. Le plus drôle, c'est que tu
(page suivante)
ne le sais même pas. Non, je ne crois pas que tu as idée de ce que tu causes, ni pourquoi tu fais ce que tu fais. Tu ne sais pas non plus ce que tu dis et c'est ça qui te sauve. Je ne dors plus. Je ne mange plus. Ma poitrine me brûle. Mon sang est comme du plomb. Je n'ai plus de mémoire. Tu abolis tout. Je n'ai jamais rêvé que de te tenir tout contre moi. Je ne vaux rien sans toi. Je te veux jusqu'au bout de tout. Tout cela est immoral, peu m'importe, scandaleux, peu m'importe, je vais finir de perdre l'estime de mes parents et de mes amis, peu m'importe, me faire insulter par mon frère, peu m'importe, je m'en fous, je me fous de tout ce qui n'est pas toi, de tout ce qui n'est pas nous. Dis-moi, je t'en prie : si je t'ai perdue, alors je partirai sans me plaindre. Mais s'il y a encore en toi la plus petite velléité de me pardonner, alors, mon amour de toujours, viens.

Harry »

13

Deux ans plus tôt

Casquette sur ses cheveux bruns, Harry remonte le col roulé de son pull, traverse une avenue de boutiques illuminées, descend rapidement une allée de marronniers déserte, passe devant un jardin rempli de statues, et poursuit son chemin, tête basse, poings dans les poches, en direction de sa voiture. Tout à coup, il aperçoit, au loin, dans la pénombre, une jeune femme qui fait les cent pas sur le trottoir, bras et jambes nus, vêtue seulement d'une minirobe orange et de cuissardes. Elle doit sûrement mourir de froid. Il s'approche d'elle, l'aborde, la voit maintenant de tout près. D'émoi, son cœur se serre. Elle est à couper le souffle. Ses cheveux dorés lui tombent jusqu'aux reins. Ses yeux, ni tout à fait verts, ni tout à fait bleus, constellés de minuscules paillettes ambrées, sont soulignés d'un trait d'eye-liner qu'elle porte comme une peinture de guerre. Comme il ne parvient pas à s'extraire de sa stupeur, elle pousse un léger soupir, le traverse de son regard, allume une cigarette, tire quelques bouffées qu'elle lui recrache au visage en faisant une moue de flingueuse. Il éclate de rire et lui demande son nom. Elle dit qu'on l'appelle Ève. Sa voix est basse, voilée.

Il lui demande une cigarette. Elle lui en tend une. Ses doigts sont glacés. Il ne parle plus. Elle non plus. Ils se regardent et se tiennent, un long moment, face à face, indécis. Soudain, il ôte son manteau. Vous n'aurez plus froid. Il le pose sur ses épaules et, avant même qu'elle ait pu protester, tourne les talons, s'engouffre dans sa voiture, et le silence l'avale. Les jours suivants, il se poste au même endroit. Il attend. Il la cherche. Personne. Elle s'est évaporée. Il se moque de son obstination, se fait l'effet d'un fou à la recherche d'une étoile filante qui n'a plus de réalité que dans le ciel de ses pensées mais, trois jours plus tard, alors qu'il est attablé avec un camarade dans un restaurant, au moment de commander, il aperçoit soudain un reflet dans une glace qui se trouve au-dessus de la banquette. Il se retourne. Elle est là, au milieu des dîneurs, à une autre table, en compagnie d'un homme qui lui fait face et lui tient les mains. Elle jette un bref coup d'œil vers lui, replonge ses yeux dans ceux de son interlocuteur, qu'elle embrasse, subitement, avec une joie feinte. Harry blêmit. Il rentre chez lui. Son visage si beau, ses yeux atrocement tristes, le hantent. Couché dans son lit, il dit son prénom à voix haute, pose la main sur son sexe, rougit des pensées qui lui viennent. Les jours suivants, il ne donne pas de nouvelles, et s'isole, enfermé dans cet immense appartement du faubourg Saint-Germain que ses parents ont acheté pour lui, et dans lequel une comtesse nonagénaire, dont il se disait qu'elle avait fréquenté bien des personnages peints par Marcel Proust dans *La Recherche*, vivait naguère.

Harry avait espéré, en interrompant ses études de médecine, que quelque chose, dans ce à quoi il avait tourné le dos, s'effondre. On l'avait tancé. Mais rien dans son geste n'avait fait craqueler le vernis du médiocre. Rien n'avait amené sa famille à se remettre en question. Sa mère avait continué d'inviter, pour lui, à l'heure du thé dominical, quantité de jeunes pouliches du même sérail, et il avait continué à les dédaigner. Son frère, de le mépriser. On avait trouvé à Harry un poste administratif à la clinique. Il l'avait accepté mais avait continué de brûler dans une joie noire, au casino comme dans les cercles de jeu clandestins, l'argent de ses parents. Et son père avait continué de couvrir toutes ses dettes.

L'aube arrive. La terre est froide. Le ciel blanchit. Il neige. Aujourd'hui, cette fille, là, cette Ève, qui l'obsède, dont il est fou, il va la voir. Elle sera là. Il en est sûr. Il le sent. Il le sait. Il roule à tombeau ouvert jusqu'au croisement des avenues Henri-Martin et Victor-Hugo. Elle est là. Il la voit, de très loin, pile au même endroit, sur le même trottoir, à la même heure. Il va vers elle. Elle porte la même robe. Épaules nues en plein hiver. Il s'approche, s'enfonce dans ses yeux. Elle allume une cigarette, lui soufflant à nouveau la fumée au visage et lui sourit : une panthère qui montre ses crocs. Tous ses gestes sont exactement les mêmes que la première fois. Ceux d'un bel automate déglingué. Il la regarde faire. Il ouvre un parapluie. Elle s'y abrite. Il ne mentionne pas leur première rencontre, ni celle au restaurant. Elle n'a de toute façon pas l'air de le reconnaître. Elle plisse les yeux, un peu éblouie par la fin du jour. Elle vit dans un deux-pièces derrière l'avenue Victor-Hugo. Le lieu semble abandonné. Aucun meuble, hormis une table sur laquelle est posé un réchaud à alcool, deux chaises, une armoire débordant de vêtements, et un tourne-disque, échoué au milieu d'une pièce qui donne sur un jardin vide. À droite, une porte close. Probablement la chambre. Elle fait chauffer du café, allume quelques bâtonnets d'encens. Elle parle, d'une voix basse, avec une pointe d'accent qu'il a un certain mal à identifier. Ses journées commencent rarement avant midi. Elle se couche avec l'aube. Elle consacre le début de l'après-midi à l'entretien de son corps. Elle s'assied dans les salles sombres d'un cinéma où passent des films d'amour ou d'aventures : ça défile sur l'écran, elle s'y voit, et s'y perd. Le soir, elle va s'acheter des disques au Lido-Musique des Champs-Élysées, s'enfouit dans des boîtes de nuit de Saint-Germain-des-Prés où des jeunes gens s'endorment à même les banquettes. Elle trouve ça un peu sale. Elle allume une cigarette, un petit chien beige surgit de nulle part, jappe, saute sur ses genoux, elle l'embrasse avec une candeur émouvante, lui gratte la tête et le cou de ses ongles manucurés, répète Bon chien, bon chien, puis le repousse d'un air brusque. À ce moment précis, au lieu de se taire, au lieu de commencer à se déshabiller, comme elle le faisait à chaque fois, me dirait-elle plus tard, elle garde ses vêtements et continue à se raconter. Mais aujourd'hui je n'en crois plus rien. Je crois qu'elle raconte comme on chante une chanson un peu triste ni pour soi-même, ni pour un public imaginaire, ce qu'elle a raconté à tous les autres : qu'elle a vingt-quatre ans, que ses deux parents sont morts, sa mère il y a longtemps, son père lors d'une expédition en Afrique de l'Ouest, où il était explorateur, qu'elle est juive, danoise, qu'elle a été scolarisée dans plusieurs pensionnats successifs, qu'elle en changeait tous les ans, qu'elle a débarqué de Copenhague il y a peu. Et ajoutant de cette voix qu'on lui connaît, cette voix rauque, perlée de cet accent fabriqué de toutes pièces, dans lequel une grande tranquillité se mêle à un dégoût un peu effrayant, elle répète, cou tendu, le visage dévoré par de grands yeux bleu-vert écarquillés, noyés de lassitude : Je vis seule ici, parfois avec une copine, mais la plupart du temps seule… ma copine est anglaise, elle est très sympa, un peu conne mais sympa, elle fait des photos aussi, brune comme moi je suis blonde, quand on sort ensemble, on a notre petit succès, ça nous fait rire… je ne bois pas, je ne me drogue jamais, je suis une fille très saine, je suis mannequin, ça me plaît, le photographe est gentil avec moi, je ne l'aime pas plus qu'un autre, mais il est gentil… les photos sont payées six mois après les séances de pose, alors je me débrouille comme je peux, je vole de la bouffe au Prisunic d'Auteuil, toujours très peu, toujours seule, et aux heures où il y a le plus d'affluence, de toute façon ce sont les grands magasins les plus grands voleurs… j'ai toujours été indépendante, je n'ai jamais voulu dépendre de personne, je me suis faite toute seule… je vois des gens, je sors, mais en fait, je les laisse parler et moi je ne dis rien… les autres ne m'intéressent pas, c'est trop petit chez moi, je n'ai pas de place pour l'amour… je vais au cinéma pour pleurer, sinon, je ne pleure jamais, et vous ?… je ne sais pas pourquoi je vous raconte tout ça, mais enfin, vous êtes sympathique… je ne parle jamais à personne, mais avec vous, c'est agréable.

Il observe son profil de petit oiseau, saisi. Il la regarde regarder la montre qu'il porte à son poignet. Un cadeau de son père. Une ombre passe sur son petit visage pointu. Elle lui demande ce qu'il fait dans la vie. Il dit qu'il vient d'avoir trente ans. Il explique pour ses parents, il raconte la clinique. Harry sait qu'elle est en train de calculer. Cette fille, se dit-il, en fixant la bouche rouge d'où vient de sortir ce récit, elle n'arrête pas de calculer. Elle n'a jamais cessé de calculer combien elle pourrait extorquer à tel ou tel homme, quel profit elle pourrait en tirer, quelle petite arnaque monter pour parvenir à ses fins. Elle serait déjà morte si elle n'avait pas passé tout son temps à tout calculer. À présent, elle s'est tue. Mais ses mots résonnent encore en lui. Elle apporte du café. La brûlure de ses doigts sur les siens quand elle lui tend une tasse le fait rougir. L'envie lui prend de la renverser sur le sol, de lui manger le sexe et de faire fondre ses petits seins dans sa bouche. Il regarde par la fenêtre. La nuit la plus longue de l'année s'étale comme une toile où palpitent d'autres monstres, ceux du ciel. Tout là-haut, le pied de Castor, que le soleil a frôlé le jour du solstice d'été, atteindra dans quelques heures, pour le solstice d'hiver, le méridien à minuit. Elle l'écoute parler des étoiles. Elle se lève, et met un disque. Aux premières mesures, il sourit. Il dit peut-être : David Bowie, « Space Oddity ». L'air même qu'il écoute en boucle, chez lui. Son air. Il est médusé : Vous êtes une sorcière. Pour toute réponse, elle s'allonge sur le sol, et tend une petite main fine vers lui. Il la rejoint. Elle pose son front sur son torse. Il n'ose ni lui parler ni l'embrasser. Le major Tom entre dans son vaisseau spatial. Le compte à rebours commence et les libère de la pression de la Terre.

La chanson finie, Harry demande cependant à Ève de lui montrer les photos pour lesquelles elle a posé. Toutes ? dit-elle. Toutes. Elle sort un gros classeur. Il feuillette. Sur l'une d'elles, elle est en costume de cow-boy, Stetson noir sur la tête, santiags aux pieds, pistolet à la main, marchant dans une ville fantôme du Nouveau-Mexique. Sur une autre, on la voit de profil, en perruque noire et courte, accoudée au zinc d'un bistro. Plus loin, à genoux devant elle, une fille toute brune lui ajuste son porte-jarretelles blanc ; sur une autre, elle porte des cuissardes blanches, une perruque blonde frisée, et pose devant une Harley-Davidson. Au dos de cette photographie est inscrit « Sophie » et non « Ève ». Sur une autre série de clichés où elle s'appelle « Miel », elle pose, seins nus sous sa salopette, dans un champ de blé, plus loin, elle arbore une fourrure négligemment posée sur le dos, au bras d'un homme qui tient une mitraillette (le photographe lui-même). Harry est cramoisi. Il ferme l'album. Vous êtes, lui dit-il, toujours plusieurs possibilités de vous-même sans que jamais l'une de ces possibilités s'affirme entièrement pour éclipser les autres.

Elle le regarde, un peu ahurie, mais ne répond rien. Il sait qu'il devrait partir. Il sait qu'il va rester. Et que sa vie, ça va être ça, désormais. La chérir. La vénérer. La baiser. La regarder vivre, la consoler d'elle-même comme des ravages des autres, la rendre heureuse. Alors Harry fait une chose qu'il n'a jamais faite jusque-là avec les filles : il lui annonce qu'il ne veut pas coucher avec elle. Pas tout de suite. Il va d'abord lui faire la cour. Elle lève un sourcil, un sourire ironique aux lèvres, détourne la tête pour attraper un verre d'eau. Il remarque qu'une cicatrice, sans doute récente, court au-dessus de sa clavicule. Un accident, lui dit-elle d'un ton détaché. Il s'inquiète de savoir si elle a appliqué une pommade antiseptique. Elle ricane. Il pose ses lèvres sur les chairs meurtries. Elle se laisse faire puis, soudain, se détache de lui et disparaît par une porte. Quand elle ressort de la salle de bains, par une autre porte, il lui dit Quand je vous ai rencontrée dans la rue, la première fois, vous aviez froid, il se peut que vous ne vous en souveniez pas. Elle chuchote Viens, puis l'entraîne dans l'autre pièce : sa chambre. Il reconnaît son vieux manteau posé sur le lit. Elle lui dit que, depuis leur première rencontre, elle dort enveloppée dedans.

14

Après les invitations au restaurant, les promenades le long des quais ou au marché aux puces, la barque au bois de Boulogne, les soirées au cinéma, il l'emmène chez lui. Elle ne rentrera plus jamais chez elle.

Sa robe quitte ses épaules. Il la porte jusqu'à son lit, prend son visage entre ses paumes, scrute son regard, frotte le bout de son nez contre le sien, embrasse ses yeux, lèche sa langue, la tète, l'aspire, et entre en elle comme on saute dans un fleuve de feu.

15

Il ne voit plus qu'elle. Ses amis tentent de le joindre. Il les fuit. Tard dans la nuit, quand une à une les lumières des autres appartements s'éteignent, il lui fait découvrir tout Mankiewicz, tout Bergman, tout Hitchcock, et les Walt Disney qu'elle n'a jamais pu voir enfant. Elle se recroqueville contre son torse et se gave de pop-corn avec une vulgarité affectée, ridicule – touchante. Dès qu'un film finit, elle bat des mains et des pieds et pépie Encore, encore. Le film se rembobine. Et tout recommence. La mère de Bambi ressuscite. Faust rajeunit. Liv Ullmann se recoiffe seins nus devant un miroir. Ingrid Bergman embrasse à nouveau langoureusement Humphrey Bogart qui s'engouffre dans son avion. Puis ils se perdent l'un dans l'autre, sans plus savoir exactement à qui est ce pied, ce dos ou ces seins, se regardent, abasourdis, trempés de sueur, de salive, et de sperme, et restent allongés, sa tête à elle reposant toujours sur sa poitrine à lui, s'inventant, dans la langueur de nuits dont ils voudraient qu'elles ne finissent jamais, des dégoûts pour le monde qui ne les feraient pas souffrir. Il sait qu'elle est venue parce qu'il a de l'argent. Mais pas comme son père avec sa mère. Non, c'est bien autre chose, masqué d'un voile sombre, brûlé avec l'enfance, dont il ignore tout. Au lit, collé tout contre elle, il observe le duvet de blonde qui court sur ses bras. Son profil si doux, quand elle dort. Le flot doré de ses cheveux tombe sur ses yeux. Par quels chemins, par quelles errances a-t-elle bien pu passer pour devenir elle ? Terriblement solitaire, dépendante comme une enfant des mots d'amour et de la tendresse. Brusquement pudique dans l'obscénité. Commençant une phrase puis tout à coup s'arrêtant au beau milieu de son raisonnement, pour le regarder, yeux écarquillés, sourire charmant.

Souvent, je pense à ce visage-là de ma mère. Son visage perdu. Son visage sur certaines photographies, son visage de quand mon père l'aimait. C'était un visage plus rond, un visage déchiffonné de chagrins très anciens, très profonds, le visage de quelqu'un qui s'était laissé ravager par quelque chose qui n'était pas écrit dans l'enfance, quelque chose de plus opaque encore que les errements, les pertes de contact avec soi, et les fictions qu'elle s'était fabriquées pour survivre malgré le pire. Il y avait, dans ses yeux, une douceur avec laquelle je ne me souviens pas qu'elle m'ait déjà regardée, une douceur après laquelle j'ai longtemps couru, jusqu'à ce que j'y substitue l'écriture. Un instant encore, mes yeux se perdent dans l'obscurité du visage de ma mère, puis tout disparaît. Tout s'éteint. Harry la regarde. Elle dort. D'un doigt, il écarte ses cheveux, embrasse l'ombre qui sculpte sa pommette, s'enfouit dans son cou, la dorlote, la berce. Elle ouvre les yeux, bat des cils, tout engourdie de sommeil. Il lui dit qu'elle est son amour, sa petite princesse baiseuse, qu'il est fou d'elle, qu'il a peur de la perdre, qu'il sait bien que tous les hommes sont fous d'elle, que ça ne peut pas être autrement, pas seulement à cause de ce corps effrayant de beauté, mais de la vague envie de tout brûler qu'il donne quand on le tient trop longtemps dans les bras, il rit presque disant cela. Elle ne répond pas. Elle ne dit rien. Il lui demande Dis-moi quelque chose. Alors, elle dit juste qu'il doit la prendre, encore, maintenant, tout de suite, de toute urgence.

Il se jette sur elle, fait courir sa langue sur ses tétons, lui mange les aisselles, mordille l'intérieur de ses cuisses, enfonce ses doigts dans son sexe, la lèche tendrement.

Ses mains tremblent. Sa gorge s'empourpre. Ses yeux chavirent. Elle lève un bras, s'en couvre le front, cache son visage dans ses cheveux. Dodeline de la tête. Frissonne, comme si elle était prise de fièvre. Étouffe un sanglot.

Elle s'excuse, embarrassée d'elle-même, bredouille qu'elle ne comprend pas ce qui se passe, ça ne lui est jamais arrivé de pleurer ainsi, surtout pas pour un bonhomme.

Plus tard, elle raconte. L'envie de mourir qui venait quand elle marchait dans les rues dressées de barricades quelques années auparavant. Une nuit, on avait brûlé des voitures. Des drapeaux noir et rouge claquaient au vent. Des jeunes gens casqués, armés de barres de fer ou de couvercles de poubelles, criaient dans la brume jaune des lacrymogènes. On avait pris d'assaut la Bourse au madrier. Il y avait du sang partout. Des blessés. Les gens couraient, hurlaient, remontant le boulevard Saint-Michel. Elle, elle allait vers la Seine. Elle voulait mourir. Elle ne dit pas à cause de quoi. Elle dit juste Je venais d'arriver à Paris, du Danemark, et j'avais envie de mourir. Et que ça lui revient, là, maintenant, cette tristesse de ce temps-là, dans ce plaisir qu'il lui donne, mais qu'elle ne sait pas pourquoi. Il lui demande si c'était le 24 mai 1968. Elle dit Oui, peut-être, je ne sais plus. Il dit que cette nuit-là, il était parmi la foule des gens venus soigner les blessés, qu'il avait couru sur les lieux, avec des antiseptiques, des pansements, et du matériel médical qu'il avait volé à la clinique, qu'ils se sont peut-être alors croisés, sans se voir. Peut-être, dit-elle. Elle ne dit plus rien. Alors, il embrasse ses yeux, il lui dit qu'elle est une infraction à la loi du jour, qu'il va boire ses larmes et qu'elle ne pleurera plus, qu'elle est belle, et pure, qu'elle fait sa joie, qu'il n'est pas permis d'être si heureux, qu'il va lui montrer ce qu'est la vie bonne, et qu'il se sent tous les courages, et qu'il va l'aimer, malgré toute cette nuit qu'elle a en elle, malgré la peur qu'elle lui inspire, parce que ça fait partie de l'amour.

Ils se rendorment, emboîtés l'un dans l'autre.

16

Il veut sans cesse la tenir contre lui tout en montrant au monde entier comme elle est belle. Ils sortent. Partout où ils vont, les regards se figent. On se retourne sur leur passage. Harry s'enorgueillit de l'impression que la splendeur d'Ève laisse sur les visages. Un soir, noyés dans la cohue des danseurs d'une boîte de Saint-Germain-des-Prés, ils s'enlacent et s'embrassent, dépouillés de toute pudeur.

Harry finit par s'extraire de la piste de danse pour aller chercher à boire. Appuyé le long du mur, un habitué des lieux lui lance :

– Tu l'as trouvée où cette belle salope ?

Comme Harry ne répond pas, l'autre, lèvres gonflées et noires d'alcool, ricane :

– Fais attention, elle va te sucer jusqu'à la moelle, ça a déjà commencé, regarde-toi, le gros, comme tu as maigri.

Il tend une main vers Harry, en direction de sa poitrine, dont il fait mine d'arracher le cœur, tout palpitant. L'instant d'après, le type est à terre. Son nez pisse le sang.

– Si tu l'insultes encore, je te tue.

17

Toute vie est l'ensemble des fonctions qui résistent à la mort. Cette phrase, chaque médecin la connaît. On peut la lire dans un traité de physiologie d'un homme du XVIIIe siècle, Xavier Bichat qui, à l'âge de vingt-huit ans, à peine nommé médecin à l'Hôtel-Dieu, et, déjà, auteur d'un *Traité des membranes*, de *Recherches physiologiques sur la vie et la mort*, et de ce monument qu'est l'*Anatomie générale*, réalisa, dans une ardeur impossible à raisonner, plus de six cents autopsies en six mois, et rédigea les plans d'un cours d'anatomie pathologique, avant de succomber à une fièvre typhoïde – il avait poussé le zèle jusqu'à dormir dans la salle d'autopsie. Or, il arrive que nul ne sache dire quand cela commence. À quel moment exactement, au lieu de continuer à traverser avec regret les souvenirs d'une enfance et d'une adolescence qui ne nous ont donné ni l'amour ni la sécurité affective dont nous aurions eu tant besoin, au lieu de faire face aux problèmes généraux de la vie d'adulte – ses échecs, ses coups de boutoir, ses moments de découragement – avec une aimable docilité, nous décidons de nous vouer à l'ardeur et à la démolition d'un monde et, nous vouant à l'ardeur et à la démolition de ce monde, nous sommes prêts à en mourir. L'amour devient parfois le vecteur de ce crime parfait.

L'hiver se passe dans la joie. Ève et Harry vivent ensemble. Dans cette période entre la pilule et le sida où, autour d'eux, chacun couche avec qui veut bien, autant par désir que par curiosité, elle lui a promis de ne plus voir aucun autre homme, de ne plus faire de photos érotiques, elle a même rendu les clés de son deux-pièces. Douter de toi, lui écrit-il, c'est douter du sens même de la vie. Je te jure, lui répond-elle sur un morceau de papier qu'elle glisse dans la poche de sa veste, tant que je vivrai, de n'aimer que toi. Une nuit, il se réveille brusquement, en nage. Il ne la trouve pas dans le lit. Il traverse le couloir, parcouru par un frisson. Il va dans la cuisine. Personne. Ouvre la porte de la salle de bains. Pas là non plus. Entre dans le salon. Elle est assise, par terre, se balance d'avant en arrière, les yeux rivés sur tous les bijoux qu'il lui a offerts étalés devant elle. Il s'accroupit, pose sa main sur son épaule Ève, qu'est-ce que tu fais ? Mais elle ne le voit pas. Ève ? Enfin, elle tourne la tête vers lui, et le dévisage, le regard mort. Il la secoue. Ma chérie, ma chérie. Alors, elle répond, d'une voix qu'il ne lui connaît pas, une voix de poupée cassée, qu'elle a besoin de les regarder et de les toucher, tous ces bijoux qu'il lui a offerts, que ça lui fait du bien, ça la rassure, ça veut dire qu'il l'aime vraiment, qu'il l'aime très fort, et que lui, il ne va jamais l'abandonner. Il la serre dans ses bras, terrifié. Mais comment peux-tu croire que je vais t'abandonner ? Je t'aime plus que ma vie. Nous ne nous quitterons jamais.

Elle se pend à son cou, désarticulée.

18

Puis c'est le printemps. Les journées se reflètent les unes dans les autres, toujours identiques, toujours intenses. Je vais être en retard, lui dit-il. Je te veux, répond-elle avec un air de défi admirable, maintenant, tout de suite. Baise-moi, chéri. Il la plie délicatement contre le lavabo, relève sa jupe. Il est en retard. Il est heureux. Un soir, il rentre plus tôt que de coutume. Comme vingt-cinq millions d'autres téléspectateurs, ils regardent, ensemble, le face-à-face tendu de l'entre-deux-tours au cours duquel Valéry Giscard d'Estaing désarçonne soudain François Mitterrand en lui lançant : « Vous n'avez pas le monopole du cœur. » Puis ils discutent, tête-bêche sur le canapé. Ce qu'elle a fait aujourd'hui ? Oh rien que de très banal, juste quelques achats, pour meubler son appartement, comme il le lui plaira, puisque chez lui c'est désormais, lui a-t-il dit, chez elle, mais aussi des vêtements, qu'elle lui montre, en faisant devant lui des essayages qui le ravissent. Elle, en cuissardes beiges. Elle, en jupe mauve froncée. Elle, en smoking de garçonne. Elle, la beauté dans laquelle son œil à lui se perd. Il la renverse sur le parquet, se penche au-dessus de son visage chéri, fait courir sa bouche le long de son ventre. Elle écarte les cuisses, brûlante, obscène. Il fait bruisser les poils de son pubis entre ses doigts. Les lèvres de son sexe, d'ordinaire rose pâle, sont ce soir étrangement ouvertes, éclatées comme des pivoines.

19

L'été s'écoule, dans la ferveur toujours renouvelée d'un amour qui se passe de tout ce qui ne le concerne pas. Harry fête ses trente et un ans. Il se décide à présenter Ève à ses parents. Un ange exterminateur apparaît sur le perron du château, dans son petit tailleur blanc, son chien de poche dans une main, un panier en osier dans l'autre. À table, où chacun la scrute, l'ange, qui a caché ses plumes noires et lissé ses cheveux, se tient parfaitement bien. Alors, lui demande Louise, en passant Ève au scalpel de son œil bleu, vous êtes juive, ashkénaze sûrement, vos parents sont d'où ? Mes parents sont morts, dit Ève de son accent rocailleux. Mon père a été déporté, puis il a disparu au cours d'une expédition en Afrique. Ma mère est morte, peu de temps après, elle aussi. Oh, pourquoi un tel malheur ? Oh vous savez, il n'y a pas de pourquoi, c'est la vie. Tous hochent la tête. Mais alors vous n'avez pas de famille ? Non, je n'ai personne. J'ai toujours été seule mais, maintenant, avec Harry, je me sens moins seule. Alors, c'est une *mitsva* de vous accueillir chez nous, lui dit Joseph d'un sourire paternel, affectueux. Reprenez un peu de pâtisseries, Louise les a faites elle-même. Le soleil est venu avec vous. Regardez ce temps magnifique. La piscine est délicieuse. J'espère que vous avez pris votre maillot ?

Oui, elle en a pris un. Quand Ève saute dans l'eau, en criant Youpi !, seins nus, peau dorée de soleil, dans son minuscule monokini en crochet, Louise manque recracher son thé. Judith remonte, ventre à terre, jusqu'au salon pour jouer toutes fenêtres ouvertes un Rachmaninov héroïque et brutal. Joseph sent le sang lui battre les tempes. Caché derrière ses lunettes de soleil, Armand ne dit rien. Mais, le soir, quand tout le monde est couché, il propose à Ève et Harry de prendre un dernier verre. Il félicite longuement les amoureux. Il trinque à leur santé. Ils boivent. Il les fait parler. Il rit de bon cœur, prend son frère par le bras, veut tout savoir de la façon dont Ève et lui se sont rencontrés. Sa voix s'attendrit par degrés. Il roucoule, presque. Et leur sourit, éperdu. Puis il prend congé d'eux, et disparaît, souffle court, dans sa salle de bains. Il en ressort tard dans la nuit, la peau des doigts dévorée par le détergent.

20

Elle les quitte à la fin du week-end et, sans même le remarquer, chacun se retrouve orphelin de sa beauté. Joseph se cloître dans l'écoute de ses chansons judéo-arabes préférées. Louise, dans des songeries sentimentales inédites avec un baron au visage émacié. Armand se surprend à être plus rond, plus gentil, avec tout le monde. Judith interprète Chopin avec une douceur enfiévrée, puis se promène dans l'immensité de la roseraie, en cachant ses larmes.

Elle les quitte mais elle reviendra. Elle revient, irradiant tout de son charme magnétique. Elle parle peu. Elle n'a pas à le faire. Il lui suffit d'apparaître. Et chacun gravite autour d'elle, comme on gravite autour d'un objet obscur, toujours recherché, jamais conquis, mais qui était peut-être tapi dans un coin, avant que tout commence. Un an passe ainsi. Ève apprend avec Louise comment faire des beignets. Ève s'enferme avec Joseph dans le fumoir où il lui enseigne toutes les subtilités du chaâbi et du malouf. Ève écoute poliment Armand chaque fois qu'il se lance dans des tirades obsessionnelles sur la guerre du Vietnam, le prix du pétrole, la gestion des lits dans les hôpitaux et les cliniques, la naissance du SAMU et des services d'urgence. Ève ne parvient pas à être gentille avec Judith, deux femmes blondes, au bord de la piscine, dans sa tête, c'est une de trop. Mais au moins arrive-t-elle à être gentille avec le caniche de Judith, qu'elle empoisonne de sucreries, tant et si bien que la pauvre bête se met à uriner partout. C'est le diabète.

21

Un après-midi de juin 1975, Armand s'arrête à une station-service de l'avenue Victor-Hugo pour faire le plein. Le garagiste vient vers lui et l'apostrophe : Mais enfin monsieur vous ne pouvez pas laisser faire ça, votre petit frère, là, avec cette fille, elle a une piaule, un endroit, rue de la Faisanderie, tout le monde le sait, c'est une pute. Dix jours plus tard, un détective remet à Joseph une enveloppe. À l'intérieur, il y a des photos de la fille qu'ils reçoivent depuis un an chez eux et qu'ils traitent comme si c'était leur propre fille. Dedans, il y a Ève, sortant d'un immeuble au bras d'un homme moustachu. Ève dans un bar d'hôtel avec le photographe qu'elle n'est plus censée fréquenter. Ève rentrant dans une voiture immatriculée « Corps diplomatique ». Ève qui n'est ni juive ni danoise. Elle est née dans une banlieue du nord de Paris.

22

« Paris, le 19 juin 1975

~~Madame, Mademoiselle,… !!!~~

Que voulez-vous, vous êtes irrécupérable. Vous avez l'âme noire, vicieuse, d'un serpent peinturluré en biche. Quoi que puisse en penser mon vieux père, que vous avez réussi à berner par vos charmes, comme vous en bernez tant d'autres, moi, je ne vous trouve aucune excuse. Non. Vous n'êtes qu'une concubine entre les mains d'un garçon qui ne sera jamais un homme. Je suis le frère de Harry. Et au nom des miens, au nom de l'état dans lequel vous avez mis mon frère, je vous le jure : vous ne ferez jamais partie de notre famille. Nous ne vous recevrons plus : ni demain, ni les autres jours.

AC »

23

Harry titube. Il va dans la salle de bains. Se précipite dans la chambre. Il regarde la chaise sur laquelle elle s'asseyait toujours pour prendre son thé le matin. Il serre les robes d'Ève dans ses bras, et s'effondre.

24

Elle n'était pas revenue. Elle s'était volatilisée du jour au lendemain sans emporter ses affaires. Il était allé jusqu'à son studio de la rue de la Faisanderie. Il avait attendu de longues heures, assis devant sa porte, couché sur son paillasson, jusqu'à ce que la gardienne lui dise que la jeune femme qui habitait là est partie, sans laisser d'adresse.

Harry ne dort plus. Il ne mange plus. Il reste alité, recroquevillé sur lui-même, perdu dans le noir. Il envie ceux qui meurent foudroyés. Il souhaite sa mort. Il l'aime jusqu'au crime. Il s'écœure. Il se rappelle son enfance, avec son frère. Il le voit ricaner. Dans l'obscurité, il tend les mains devant lui et ne saisit que son désir sans remède. Il pleure, hurle son nom, la maudit, implore son retour. Défile devant ses yeux affolés l'affreuse douceur des jours perdus, les jours où, alors qu'il croyait à leur bonheur, elle lui mentait déjà, elle lui mentait donc sur tout. Il respire l'oreiller encore empli de l'odeur de ses cheveux, se met à la fenêtre, guette son retour, croit la voir dans la rue, descend de chez lui comme un fou, personne, reste éperdu sur le trottoir, en pyjama, remonte chez lui, s'abîme dans la boisson. Il ne parle plus, ni à sa mère, ni à son frère. Il ne tolère à son chevet que la présence de son père.

Joseph regarde son fils, brisé, mutique, peut-être comme on se rappelle soudain à quoi se réduit toute humanité quand on se laisse mourir d'amour. Le père supplie son fils de lui parler. Alors, le fils parle enfin et dit à son père que son mariage arrangé avec sa mère est la plus grande des prostitutions. Joseph sort de la chambre. Au point du jour, il revient voir son fils et lui tend un morceau de papier. C'est, lui dit-il, la dernière adresse connue de cette femme.

25

Il la voit pousser la porte d'un square. Il la voit et dans l'instant il l'aime comme au premier jour. Il la voit et il sort de la voiture dans laquelle il se cache depuis des heures. Il la voit et il court derrière elle comme un chien. Il est essoufflé. Il tousse. Il la suit. Il s'attend à la surprendre au bras d'un homme. Elle s'assied sur un banc, à côté d'une vieille femme qui, plus encore que malade, semble tout à fait incohérente, et qu'elle serre longuement dans ses bras. Il vient à leur rencontre. Quand Ève aperçoit Harry, visage creux, cheveux hirsutes, yeux fous, elle éclate en sanglots. Elle n'avait jamais pu lui dire que, trois fois par semaine, elle partait s'occuper de sa mère folle, qu'elle l'avait sortie de l'hôpital psychiatrique et qu'elle lui payait un deux-pièces, avec tout l'argent qu'elle s'était juré de gagner, par n'importe quel moyen. Elle n'avait jamais pu lui avouer que son père avait bien été déporté à Buchenwald puis à Schönebeck, mais qu'il n'était pas du tout juif, qu'il était toujours vivant, quelque part en Afrique de l'Ouest, où, quelques années après la guerre, il avait, du jour au lendemain, disparu pour enterrer sa honte, et, depuis, menait la vie d'un salaud qui, sous couvert d'une pratique photographique, baisait des gamines africaines. Qu'elle avait arrêté l'école à treize ans quand il était venu la chercher dans le pensionnat dans lequel elle croupissait. Qu'elle avait vécu quelques années, pendant son adolescence, à ses côtés, en Côte d'Ivoire, où il avait été tout sauf un père, avant de le fuir, vers Amsterdam, où elle avait peut-être ou peut-être pas commencé à se prostituer occasionnellement, puis probablement tout de même le Danemark, qu'elle avait élu, pour des raisons qu'elle emporterait dans sa tombe, comme sa terre natale, avant d'arriver à Paris au moment des événements de mai 1968. Elle avait toujours dit qu'elle avait perdu ses deux parents. La vérité était trop abominable. Elle avait trop honte. Cette honte avait fini par l'enfermer dans un triste théâtre d'affabulations. Elle avait tant dépeint sa vie sous les traits d'une autre, pour pouvoir survivre, qu'elle avait fini par croire à ses mensonges.

26

Le 19 décembre 1975, mes parents se marient en secret. La légende veut qu'ils aient les employés de la mairie pour seuls témoins. Dans la foulée, Harry appelle sa famille. Ève est désormais ma femme, elle porte notre enfant, je ne vous laisserai plus jamais l'insulter, c'est à prendre ou à laisser. De guerre lasse, sa famille ne s'oppose plus à leur union. Les photos prises à l'occasion de ma naissance nous montrent tous très joyeux. Dans les contes de fées, c'est là que l'histoire s'achève. Dans l'espace de la tragédie ordinaire, c'est ici que tout commence.

27

Le bébé est dans son couffin, à l'ombre d'un cerisier. Il ne dort pas mais gazouille en jouant avec ses pieds. À cette heure de pleine quiétude, les autres sont restés dans leur chambre où ils somnolent, repus par le déjeuner. Harry est allongé sur les dalles de la piscine, les yeux mi-clos. Depuis quelques semaines, des accès de fatigue le contraignent à faire la sieste plus que de coutume. Il s'endort en pleine journée et se réveille subitement, essoufflé, trempé d'une sueur âcre, violente. Ce doit être le temps. Cela ne peut être que le temps. Il a fait, cet été 1976, une chaleur caniculaire. La Normandie a pris des allures de désert. Les sols ont craquelé. La campagne est roussie. Partout, le fourrage a manqué. On a coupé des arbres pour donner les feuilles à manger aux vaches. L'armée a même été appelée à la rescousse pour transporter du foin. Dans les églises de l'Eure, les prêtres ont demandé à Dieu d'accorder la pluie.

Ève sort de l'eau. Ses seins gorgés de lait donnent à son corps une douceur nouvelle. Elle n'a jamais été aussi belle. Elle va vers l'arbre, se penche au-dessus du couffin, dit peut-être La petite dort. Allongé sur les dalles, Harry regarde vers sa femme. Le soleil l'aveugle. Il met sa main en visière au-dessus de ses yeux. Une ombre noire creuse ses orbites et remplit ses yeux de cendre. Ève ôte son maillot. Il sourit et se met nu à son tour. Elle s'allonge sur lui. Ses cheveux suintent d'une eau fraîche qui éclabousse les joues, le nez, et les yeux de Harry. Il empoigne ses fesses. Leurs bouches se cherchent. Leurs doigts s'enlacent. Elle ondule du bassin. Ils rient. Soudain, le verger voisin bruisse. À califourchon sur Harry, Ève aperçoit Armand, à quatre pattes dans l'herbe, derrière une rangée de buis, en train de les épier. Elle embrasse son mari à pleine bouche puis adresse à son beau-frère, pétrifié, un sourire flottant, irréel. Le plaisir tord son visage. Engoncé dans son couffin, le bébé se met à pousser des hurlements stridents.

28

Le cercueil a été choisi dans le bois le plus simple. Il y a tant de monde autour de la fosse que certaines personnes sont obligées de se faufiler entre les tombes. Beaucoup de garçons et de filles dans leur trentaine qui commence sont là, en larmes, et se tiennent par les épaules, comme on pleure la jeunesse morte. Chacun parle de la dernière fois qu'il l'a vu, de ce qu'ils avaient fait, de ce qu'il avait raconté, comme pour dire Voilà ce qu'était cet homme, voilà ce que je sais de lui, voilà ce que j'étais pour lui, et chacun répète Il était si bon vivant, si gentil, je le revois faire ceci, ou cela, c'était un si bon ami, si fidèle, si généreux, si drôle, et c'est injuste, quelqu'un qui meurt si jeune, et les enfants ne doivent pas mourir avant leurs parents, pas mourir à trente-quatre ans, pas mourir en laissant une femme et un bébé, cela va contre le sens même de la vie. Tout le personnel de la clinique est là, des brancardiers aux médecins. La guerre du Liban fait alors rage. Pourtant, le grand rabbin de France et l'imam de la mosquée de Paris sont côte à côte : au moment de prier pour le défunt, ils se tiennent la main.

Il se murmure que la mère du mort n'a pas eu la force de venir. On dit Elle est alitée. Sous tranquillisants. Soutenu par son aîné, le père prend la parole, les yeux bouffis, le visage marbré de rouge, jette la poignée de terre rituelle sur le cercueil. Et il s'effondre en sanglots. C'est au tour du frère. D'abord il ne peut que bredouiller Mon pauvre petit frère, un mouchoir sur la bouche. Puis il se ressaisit. La suite de son discours, parfait de maîtrise et d'émotion, dans lequel il évoque les stations de la courte vie de son cadet, fait sangloter l'assistance. Pâle, en grand deuil, la femme du défunt s'approche de la tombe, ramasse aussi une poignée de terre, tente d'ouvrir la bouche, mais se met à trembler. Elle se penche au-dessus de la fosse, se penche encore. Elle va sauter. Elle saute. Hurlements d'effroi.

On se précipite, on la retient, on l'extrait de la foule. Sa belle-sœur s'approche d'elle, siffle Arrête ton cinéma, un peu de décence, puis soudain la gifle.

Stupeur.

La cérémonie reprend. Vient ensuite défiler devant le cercueil le cortège des cousins, des amis, des collègues, et des amis des parents. Les poignées de terre recouvrent peu à peu le bois du cercueil. Et, c'est la fin. Tandis que chacun remonte l'allée centrale du cimetière sous un soleil splendide, les yeux du roi dont les pieds s'enfoncent déjà dans l'empire des morts se retournent vers la tombe de son enfant puis, devenu vieillard en quelques nuits, il s'appuie, claudiquant, sur le fils qui lui reste et qui bientôt portera sa couronne.

Et je les regarde sortir du cimetière, agrippés les uns aux autres, ou plutôt, entassés les uns sur les autres dans le fumier de leurs médiocrités, le vacarme de leurs pleurs, les coups de dent de leur jalousie, les affres de leur chagrin et leurs tourments ne méritent nulle miséricorde. Ils ne m'inspirent aucune compassion. Ils s'en vont, et je demeure couché sous la dalle, la tête à jamais tournée vers le cruel déplaisir de souvenirs qui désormais me font horreur, ils s'en vont, et me laissent, condamné à errer dans la prison de flammes de mon aveuglement et de leur perfidie, mais si je pouvais parler, je déchirerais mon linceul avec mes cris, je repousserais la masse de cette terre qui pèse sur ma poitrine et que vous avez jetée sur moi pour me faire taire, et je vous dirais une histoire qui vous glacerait le sang, si je pouvais, mon papa, *car je ne suis*, où est mon papa je veux voir mon papa, *souviens-toi de moi, car je ne suis*, papa reviens, *car je ne suis ni vivant ni mort* ni morte ni vivante à jamais couchée sous la dalle jetée le sang glacé toute la terre dans la bouche condamnée à errer c'est vous tous qui l'avez tué toi par haine toi par désespoir ma faute à moi ma faute rien fait pour sauver tous ces gens morts rien fait ce que j'aurais pu dire pour soulager sa peine il n'y a pas d'oubli pas de porte cette fois personne ne m'attrapera personne ne peut plus me tuer déjà perdu la vie mais quand était-ce déjà n'ai plus de cœur ni de poumons *mon corps s'en ira en pourriture* rien sentir quand les doigts sur le visage rien le lit est un cercueil plein de merde regarder dans le miroir rien mais alors comment ça peut encore penser si c'est déjà mort ils ont tout calculé sale fric de merde qui pourrit tout comment peut-on faire ça à un enfant *puisque tout est faux depuis le début tout était un mensonge faux l'amour des parents fausses les caresses sur la joue de l'enfant fausses les berceuses la douceur tout peut-être* qu'en ce moment même elle attend que je crève comme elle l'a fait avec lui et lui plus tard moi aussi tas de viande sale mon Dieu c'est ma faute aidez-moi je vous en supplie mauvaises pensées sale personne crevure crève mauvaise fille mauvaise petite-fille mauvaise nièce mauvaise vie pourrie sans contours ni formes *ce monde n'est pas le vrai monde* les gens qui marchent dans les rues sont tous morts une machine pense à la place dans la tête immense vaste comme un parc d'enfance quelque chose pique pique et pourrit à l'intérieur des bras se vider jusqu'où tomber entière dans le trou tout est perdu si froid si peur il n'y a plus rien tout s'éteint mes mains ne sont plus mes mains mon visage se dissout tout se dissout tout fond *comme fondront toutes les enseignes de notre gloire et de notre vanité dans le monde inversé où nous serons tous coupables, tous cupides, tous misérables, tous damnés –*

Dans les ténèbres d'une chambre d'hôtel, une voix perdue coule vingt-cinq ans plus tard de la bouche d'un corps qui fut le mien, comme il fut le sien, couché, les pieds vers la porte, une veilleuse allumée à sa tête, et que je regarde, retirée du Temps, au-delà des mondes et de la peine, la main dans la main de mon père, son visage sur le mien.

Deuxième partie

1

Paris, mai 2002

J'étais dans un train, quand mon oncle, dont je n'avais pas eu de nouvelles depuis une vingtaine d'années, m'appela au téléphone pour me dire, d'un trait, d'une phrase, que l'on avait enterré ma grand-mère Louise le matin même, que j'allais hériter et que rendez-vous était pris chez le notaire, ainsi que dans son appartement pour le vider. Au moment précis où je rentrais en France, après une année d'exil, on avait ouvert, sans que j'en sache rien, le caveau dans lequel se trouvaient déjà les restes de mon père, de mon grand-père, et de mon arrière-grand-mère pour y empiler un nouveau cercueil, caveau dans lequel, me glissa ensuite mon oncle, il y aurait toujours, malgré les dissensions au sein de notre famille, une place pour moi.

Je lui répondis que je serais au rendez-vous. Je descendis du train, traînant ma valise jusqu'à un banc. Je m'assis pour allumer une cigarette. Mes mains tremblaient sans moi.

2

Les Japonais nomment *Takotsubo*, qui veut dire « piège à poulpe », ce syndrome où, à la suite d'une rupture amoureuse, d'un deuil ou d'un choc émotionnel intense, le cœur se déforme, ses muscles s'affaiblissent et deviennent si paresseux que, tout à coup, littéralement, il se brise. La sidération de l'organe – ici, dans le syndrome de *Takotsubo*, la sidération du myocarde – se retrouve également, mais cette fois sur le plan de l'esprit, dans un cas de mélancolie extrême, de dépression anxieuse ravageante à son stade ultime. Dans ce trouble mental, connu sous le nom de délire des négations, la personne peut, à la suite d'un trop grand choc, avoir la conviction qu'elle n'a plus d'organes ou que certains d'entre eux sont pourris mais qu'elle ne peut pas mourir car elle n'est jamais née. J'ai vingt-six ans. Cela foudroie dans la prime jeunesse, à l'âge où la société attend de vous donner naissance. Autrement dit, à l'âge où vous devez vérifier pour tous que la vie est joyeuse et libre en étalant le spectacle de vos organes sains et vivants sous les yeux ravis de vos parents, de vos amis, et pour finir, du grand théâtre du monde dans lequel vous vous devez d'être l'entrepreneur optimiste, performant et conquérant de votre légende personnelle.

3

En ce temps-là, je n'étais que défaites et laideur. Une vraie crevure. Je pense à cette forme de laideur morale qui vous tombe dessus à la suite de certains chocs. Endurés de façon répétée, ils finissent par transformer une personnalité faible en bloc d'inertie gélatineuse. Tout autant que le produit d'un milieu, enfant, j'étais déjà le produit des douleurs qui peuvent détruire les adultes d'où qu'ils viennent à la suite d'un deuil. Nous vivions entourés de fantômes. Nous les hantions avec violence. J'avais, petite fille, assisté, derrière les grilles closes du château de mes grands-parents, à toutes sortes de disputes entre Ève, ma mère, et mon oncle, Armand, qu'ils avaient sans doute tenté de réprimer tant que mon père et son propre père vivaient encore, mais qui, depuis leur disparition à tous deux, avaient enflé, et enflé encore, pour des raisons dont nul ne disait jamais rien, jusqu'à éclater, chaque fois que nous nous retrouvions tous ensemble, en un désespoir si outrancier qu'il paraissait une bouffonnerie. Ils se parlaient l'un à l'autre avec une chaleur bouleversante, éclataient de rires imprévus, se promenaient joyeusement dans les herbes et les couloirs qui craquaient de leurs vieux meubles puis, tout à coup, à l'heure des repas, jetaient leur serviette sur la table, se levaient, claquaient la porte, et chacun partait se murer dans sa chambre. Mon oncle, chaque fois que ma mère avait un nouveau petit ami – elle était trop belle ; elle en changeait trop souvent – hurlait qu'elle salissait notre nom. Ma mère ramassait les excréments de son chien et les faisait livrer à ma tante dans des colis estampillés de la marque de sa fromagerie préférée. Et les saisons passaient ainsi, damnés pour l'éternité de ce que dure la vie de famille.

Toute naissance est la mort naissante d'un idéal : les enfants ne ressembleront jamais trait pour trait à la façon dont leurs parents et leurs grands-parents les ont rêvés. Toute éducation est un échec : les parents et les grands-parents blessent toujours, souvent même sans le vouloir, un enfant. Peut-être que dans notre famille les choses se passaient d'une façon plus grotesque que dans d'autres mais, si l'on prend la peine d'y réfléchir, il semble que, quel que soit le milieu, dans une famille la haine vise toujours, d'une manière ou d'une autre, l'extermination de ses membres les plus vulnérables. Je n'ai plus de peine pour ce qui nous est arrivé : incapable d'oublier, j'ai dû tout pardonner. J'ai de la peine pour cet art avec lequel les adultes mettent à mort leurs propres enfants.

Bien sûr, au début, on se débat, on se révolte : on veut aimer et la mère et l'oncle, et la mère et la grand-mère, et la mère et la tante, et la mère qui se comporte comme un enfant et les enfants de l'oncle (comme dans d'autres familles, un enfant veut aimer, vaille que vaille, et la mère et le père) et, en retour, on veut désespérément être aimé d'eux. Puis un jour, survient le désastre : on est sommé de choisir son camp. Si tu aimes ton oncle, ta tante, ta grand-mère et tes cousins, c'est donc que tu ne m'aimes pas. Tu sais, eux, ils n'aimaient pas ton père et ils ne t'aiment pas non plus, ils n'aiment que le fric.

La ferveur fléchit. Les yeux pataugent dans la boue quand ils cherchent le ciel. On fait allégeance à la main maternelle : même si elle cogne, c'est aussi celle qui, à la tombée du jour, borde dans le lit, caresse la joue. C'était ma mère : violemment explosive, puis coquille vide, et parfois la plus magnifique des mamans. Très tôt, j'ai compris qu'elle croyait à ses mensonges. Je n'osais pas lui dire Je sais que tu mens. J'avais trop peur que ça la rende encore plus folle, et qu'on m'envoie alors vivre chez mon oncle ou ma grand-mère qui donc ne m'aimaient pas, disait-elle, répétait-elle, toujours, tout le temps. Je l'aimais, en fait, parce que mon père et elle s'étaient aimés. J'avais mal de son ravage, comme fait mal l'impuissance de ne rien avoir su faire, ni pour guérir ses parents, ni pour les empêcher de mourir. Quand cela faisait trop mal, certains jours, je n'existais pas. J'étais là, indifférente à tout, trouée comme une chambre à air, posée au milieu d'un décor foudroyé par l'abîme de la maladie et de la mort, dans lequel les êtres continuaient pourtant à déambuler en géants orgueilleux dont rien ne pourrait altérer la puissance.

Mon père était mort. Puis mon grand-père. Puis mon arrière-grand-mère. Ma grand-mère et mon oncle avaient acquis de nouvelles cliniques. L'argent continuait à être dépensé pour tout ce qui fait plaisir, tout ce dont on a besoin, mais surtout pour ce dont on n'avait pas besoin du tout, ce à quoi on n'avait même jamais pensé. Ce n'est pas que, comme certains enfants qui obtiennent tout ce qu'ils demandent, j'étais pourrie gâtée. Non, c'était tout autre chose : on m'ensevelissait en permanence sous quantité de cadeaux somptueux que je n'avais pas même demandés, dont je n'avais jamais rêvé, de sorte que je vivais dans un monde où les objets apparaissaient tout aussi brusquement que les gens y disparaissaient, et où, du reste, comme les autres, on l'aura compris, je ne vivais pas vraiment.

On me disait que j'étais orpheline. On me disait qu'il me manquait quelque chose. Mais je ne savais pas quoi. On sait ce que l'on a perdu quand on se souvient l'avoir connu. On ne sait pas ce que l'on a perdu de ce qui a toujours déjà été perdu. Quand les adultes étaient occupés, ailleurs, j'allais, sans bruit, jusqu'au salon, regarder, posées sur une table à côté du piano, des photographies de mon père. Je passais devant les cadres. Je ne m'arrêtais jamais tout à fait. Je les regardais, de biais, en plissant les yeux. Dès que je m'attardais devant les photos, dès que je les regardais trop longtemps, j'étais prise au piège.

Il n'avait l'air ni vivant ni mort.

Une image, mais vidée de sa substance.

Plus tard, on m'a raconté qu'en visite dans la clinique familiale, dès qu'on me disait Ici tout le monde aimait ton père, ou Ton père était un très grand esprit, ou encore Il était si généreux et si gentil, Ce sont toujours les meilleurs qui partent en premier, je courais, les mains sur les oreilles, me terrer derrière une porte. Je ne voulais pas qu'on me parle de lui. Si on me parlait de lui, cela validait l'hypothèse qu'il avait tout de même existé un jour, de sorte que continuer à être plutôt que de ne plus être, ouvrir les yeux chaque matin alors que lui était mort relevait d'une performance morale absurde. Mais je ne me souviens pas de cela. Je ne me souviens de rien. Je me souviens juste qu'enfant, déjà, je ne me souvenais de rien – ni de la chaleur de ses bras, ni du contact de ses doigts, ni de son rire, ni de sa façon de marcher, de fredonner, de me prendre dans les bras pour me montrer les étoiles, de fumer, de se fâcher, d'embrasser ma mère, de me parler. Je ne le rencontrerais jamais de mon vivant. Je lui en voulais, atrocement. Colère froide, mutique, butée – à la hauteur de ce qu'aurait été un amour dont j'aurais tout oublié.

Ce que je voulais, c'est rester seule. Rien ne me plaisait davantage. Je voulais que les adultes se taisent. Je voulais grandir, le plus vite possible, m'enfuir au plus loin, vivre un grand amour, écrire. Ou mourir, d'un coup d'un seul, sans souffrir.

4

Je ne me souviens pas du moment précis où la silhouette de mon oncle disparut à son tour de l'horizon de mon enfance. Je devais avoir six ans. Mon père. Mon grand-père. Mon arrière-grand-mère. Les gens étaient là et soudain n'y étaient plus. Leurs lits, leurs vêtements se vidaient de leur présence. On laissait leurs chambres telles, sans rien toucher. Alors l'oncle est peut-être mort, lui aussi. On me dit que non. Il continue à vivre, très loin. Le château entre dans un grand silence. Plus d'esclandres, plus de cris. Les journées s'étirent de paresse et d'indolence, dans les arbres, à la piscine, ou dans les blés, avec maman, magnifique et radieuse dans ses robes longues et ses grandes bottes. On joue ensemble à la course en sac ou à la brouette. On va nourrir les poules et les moutons en chantant à tue-tête. On peint des fers à cheval ou des bûches pour les changer en totems fabuleux. Maman me montre comment fabriquer des épouvantails avec un vieux balai, des couvercles de casseroles, des disques de Diana Ross et de Cerrone. Dans les forêts où je cavale, je deviens Actarus, le prince des étoiles, chevalier solitaire qui là-haut, très loin dans l'espace, repousse tous les assauts des géants et des méchants. Le soir, je me blottis contre le gros corps odorant et moelleux de ma grand-mère, qui brode un mouchoir tout en regardant, d'un œil distrait, *Dallas* ou *Angélique Marquise des anges*. J'attends qu'elles s'endorment – d'abord, ma mère, puis à une heure beaucoup plus avancée de la nuit, ma grand-mère –, et quand, enfin, elles sombrent, pétrifiées, dans le sommeil, je sors de mon lit le plus doucement possible, et j'avance sur la pointe des pieds dans le couloir déserté. On fouille dans les chambres de ceux qui étaient des cousins, et avec qui on se battait à coups de polochons – quelqu'un a bien couché dans leurs lits, l'endroit est encore tiède. On presse la joue contre leurs peluches que l'on convoite mais que l'on n'ose pas voler. Dans le grenier, un enfant a bien criblé de fléchettes un portrait de mon père et de ma mère, mais il n'est plus là pour expliquer pourquoi. Je rentre en cachette dans la salle de bains de mon oncle Armand pour respirer l'odeur de son peignoir blanc. Je ne comprends pas pourquoi maman dit qu'il pue : en fait, il sentait très bon.

5

À sept ans, j'étais devenue une enfant sale, négligée, solitaire mais joyeuse. Je vivais alors avec ma mère et son amant de l'époque. Elle avait tenté de refaire sa vie auprès de lui – je ne dirais pas avec – au bord du lac de Genève, par goût du grand air, des montagnes, et du chocolat suisse, m'avait-elle assuré, et sans doute bien plus probablement pour dépenser son argent qui était en réalité aussi le mien, loin des regards du juge des tutelles et de l'encombrante famille paternelle qui continuait de surveiller ses moindres faits et gestes. Une nuit, j'avais entendu des bruits bizarres. Ma mère criait. J'avais eu peur pour elle. Je croyais qu'on lui faisait du mal. Mais ce que je vis en regardant par le trou de la serrure me glaça d'horreur. Il y avait une forme étrange sur le lit de ma mère et de son amant. Cette forme étrange, c'était eux. Ils étaient en train de faire une chose répugnante, à quatre pattes, comme des animaux. Les adultes étaient sales. La vie était sale. Ma mère mentait encore. Elle n'aimait plus mon père. On ne fait pas ça quand on aime quelqu'un. Tu peux toujours avoir un autre homme, lui dis-je, moi, je n'aurai jamais d'autre père. Le ver était dans le fruit. La journée, je me mis à rêver les yeux ouverts. La nuit, je ne dormais plus. La folie des adultes, le morne écoulement des jours, la vitesse trop grande avec laquelle il fallait enchaîner de façon aussi spontanée que possible une série d'actes vides de sens au cours d'une même et identique journée (se lever, se laver, manger, aller à l'école, rentrer de l'école, faire ses devoirs, ranger sa chambre, se laver, dîner, dormir) et la disparition progressive, à intervalles finalement de plus en plus comiques, d'un certain nombre de membres de ma famille avaient fini par avoir raison de ma croyance qu'il fallait, à tout prix, persister dans l'existence. En fait, persister en quoi que ce fût. J'allais à la danse ; je cessai de danser. J'aimais mon institutrice, j'aimais apprendre ; je cessai de faire mes devoirs, je cessai de l'aimer. Les semaines passaient, je me déplaçais d'une pièce à l'autre avec une lenteur de plus en plus visqueuse, gluante, qu'on me reprochait toujours davantage, les objets me tombaient des mains, ou s'arrachaient d'elles, épouvantés, préférant se briser que supporter mon contact.

C'était long, l'enfance. Beaucoup trop long. La vraie vie, la grande vie n'arriverait jamais. Il y avait donc ceux qui, à mon âge, avaient déjà l'air de savoir où aller, qui en parlaient, et jamais ne se promenaient sans but – ni eux ni leurs parents ne semblaient jamais douter d'eux-mêmes. Je les enviais si fort. J'en étais déjà à la conclusion qu'il y aurait trop d'efforts à faire, que le chemin serait trop coûteux, trop douloureux et que j'étais trop lente et trop molle pour ce monde. Un jour que j'étais perdue dans la contemplation de l'eau du lac de Genève, un vélo me frôla. L'instant d'après, je me noyais. Des habitants de la ville du calme et de la bienséance, qui se promenaient non loin, parvinrent à me tirer de là, et trouvèrent, sans doute aussi par goût du calme et de la bienséance, qui imprégnait jusqu'à leur sens de la causalité, un lien de cause à effet qui leur plut entre le passage du vélo et ma chute malheureuse. En réalité, mais il me fut impossible pendant des années d'en dire quoi que ce soit, ni même de pouvoir penser moi-même ce qui s'était produit, j'avais sauté, mue par une de ces impulsions morbides qui, à l'époque, dévoraient en secret ma tête, et faisaient de mon quotidien d'enfant un enfer : Marche sur les lignes, Si tu dis à ta mère que ton oncle te manque elle ne t'aimera plus, Ne dis pas au téléphone à ta grand-mère que ta mère te frappe sinon tu mourras, Si tu ne sautes pas par-dessus la dernière marche de cet escalier, ta mère mourra elle aussi, Si l'immeuble est en feu et que tu as le choix entre sauver ta mère et retrouver ton père, qui choisis-tu ? Et entre ta mère et Miko (c'était mon ours en peluche) ?, Dis « saucisse » pendant la classe, sinon tu mourras, et pour finir, pour en finir : Saute. Je ne me souviens plus ni des visages de ceux qui m'avaient porté secours ni de ce qui fut rapporté à ma mère et l'homme de la Suisse, quand on me ramena dégouttante d'eau auprès d'eux, mais ce dont je me souviens, en revanche, c'est que je portais ce jour-là une robe bleue à manches ballon dont le tissu détrempé me cisaillait le haut du bras. Personne ne mesura la portée de mon saut, requalifié de chute. Il y aurait ensuite bien des fois où cela se répéterait pathétiquement, loin des regards, jusqu'à ce que l'analyse me permette de convertir cette docilité dangereuse aux injonctions mentales, cette douceur proche de l'inertie déjà grisante, en préférence pour la solitude, la liberté, et la joie brûlante de vivre. Mais le cratère qui s'ouvrit à la mort de ma grand-mère, l'année de mes vingt-six ans, fut la réplique la plus dévastatrice du décès de mon père. Et aussi ma plus grande chance.

6

Un amour comme ça, ça n'existe pas. On n'aime plus comme ça. J'étais faite pour lui. Il était fait pour moi. Nous étions comme deux corps aimantés : ce qu'il avait à donner, j'avais à le prendre, j'en avais viscéralement besoin. J'étais une gosse. J'avais vingt-deux ans. Je n'avais jamais aimé personne. J'avais un chien. Quand un type voulait m'inviter au restaurant, je me faisais inviter au restaurant avec mon chien. Et je commandais les choses les plus chères pour le chien, des langoustines, du caviar, dans les endroits où j'exigeais qu'on m'invite. Et je demandais à ce que le chien soit servi à table. Après, je couchais même pas systématiquement. Parfois, oui. Mais je m'en foutais. Je me foutais de tout. Les bonhommes, il fallait que je les fasse payer, tu comprends. Alors, au début, lui comme un autre. Ton père, comme tous les autres. Et puis il m'a emmenée dans un café, j'avais mis ma robe orange, que tu connais, des cuissardes, mon truc habituel, il a commencé à parler, et là, j'ai presque pas pu dîner. J'ai pas pu. Je l'écoutais. J'avais jamais entendu quelqu'un parler comme ça, de façon si intelligente, et si calme. Je regardais ses yeux. Je regardais ce regard qu'il posait sur le monde, je sais pas comment dire. Tout à coup, je l'ai regardé, et je me suis vue dans ses yeux. Je me rappelle même plus ce qu'il m'a dit ce jour-là. C'est terrible. Tu vois, le temps fait son œuvre. On dit que le temps fait son œuvre. Mais parfois l'œuvre du temps, c'est affreux. On voudrait ne jamais oublier. On voudrait pouvoir garder les mots. Mais même ça, on finit par l'oublier. J'ai oublié les mots. Mais je me souviens de la sensation. Je voyais toute l'épaisseur des jours qui nous avaient conduits l'un vers l'autre. Tout le temps que j'avais vécu avant de le rencontrer. Ce temps immense, qui soudain ne comptait plus. Et qui comptait pourtant, parce que tout m'avait conduite vers lui. Et je voyais cet homme, assis face à moi. Je voyais son cœur qui s'ouvrait, son cœur dans son sourire, son cœur dans ses mots. Je me suis dit Alors quelqu'un comme ça existe. Il m'aimait tellement que je me suis mise à l'aimer moi aussi. En quelques jours, il est devenu tout pour moi. Mon père, ma mère, mon amant, mon amour. J'ai jamais vu ça, quelqu'un qui s'effaçait à ce point, dans l'oubli de son propre plaisir. Il voulait me faire vivre l'enfance que je n'avais pas eue. Tu te rends compte : un jour, on est passés devant un magasin de jouets. J'ai dit Oh, une ferme. Il est rentré dans le magasin. Il est ressorti, avec la ferme dans ses bras. Personne n'avait jamais fait ça pour moi. Il était dingue. Il ne savait rien de moi. Il avait tout compris. Et tout pardonné. Il m'a aimée comme j'étais, malgré ce que j'étais, malgré moi. Je crois que c'est ça, l'amour. Alors, relève la tête, car tu es née d'un immense amour. Et ça, ça ne peut pas mourir. Ça ne meurt jamais. Même ce soir, là, quand je te parle, je sais qu'il est là. Il est mort mais il n'est pas mort.

– Mais qu'est-ce qui n'est pas mort, maman ? Lui, ou cet amour ?

– Je ne sais pas.

Personne n'a demandé à naître, ni vous ni moi. Et il faut, dès l'enfance, l'absurde et merveilleux foisonnement de l'amour, amour du monde, amour de la vie, amour des parents, pour s'enfoncer, avec force et joie, dans l'épaisseur des jours. Jusqu'à quel point la manière dont nous pensons que nos parents se sont aimés façonne-t-elle notre propre degré d'idéalisation de l'amour ? Quoi qu'il en soit, depuis mes pitoyables explorations lacustres genevoises, ma mère avait cru bon de me faire grandir avec cette histoire, dans cette histoire, celle du monde de la mort avec lequel l'amour avait, comme l'ont les songes, le pouvoir de dialoguer, celle d'une passion, qui avait renversé les conventions, qui avait résisté à l'adversité, à la haine de toute une famille, et même finalement à la décomposition d'un corps et au mariage de ma mère avec un autre homme, dont elle avait eu une autre fille. Mes parents à moi étaient des héros sombres, romantiques, et transgressifs. Tout avait été contre eux, sauf l'amour. Même la mort, donc, ne les avait pas séparés. Ces confidences (toujours les mêmes, toujours racontées sur le même ton) m'aidaient à survivre. Ma jeunesse se mit donc en orbite autour du cœur mangé de leur jeunesse morte. Je croyais aimer un garçon. Ma grand-mère ne l'aimait pas : Pas assez d'esprit, me dit-elle, même pas médecin, et même pas assez riche pour toi. Je regardais flotter au plafond de ma chambre les nuages que mon père avait peints avant ma naissance pour que je fasse, m'avait-on dit, des rêves toujours doux et profonds. Tout à coup, j'y vis son visage. Tout ce que j'avais contenu de colère et de rage depuis l'enfance creva dans ma bouche. Non, dis-je à ma grand-mère au téléphone, je ne ferai pas médecine, je ne te laisserai pas me broyer comme tu as broyé mon père, dont on a broyé tous les rêves. J'allais écrire, je voulais écrire, depuis l'enfance j'essayais d'écrire, je ne voulais faire que cela. Non, je n'allais pas attendre le mariage pour coucher avec un homme, je l'avais déjà fait, plus d'une fois, depuis longtemps déjà, et j'en étais fière. Non, je ne voulais pas de cette vie qu'on voulait pour moi, et qu'elle aille au diable. Pendant des mois, ma grand-mère tenta de me joindre – en vain. Un jour, j'aperçus sa voiture garée en bas de l'immeuble. Elle me vit. Elle klaxonna. Elle cria mon nom. Je courus dans la rue, à perdre haleine, sans me retourner, vers ma damnation et ma liberté. Alors que je n'avais jamais voulu me marier, quelque chose m'y poussa soudain, sans que je puisse me l'expliquer. Un mariage avec le jeune homme avec qui je vivais eut lieu, à la hâte. Mon père n'avait pas invité sa mère à son mariage. Je n'inviterais donc pas ma grand-mère. Elle l'apprit. Ses joues se tavelèrent. Son corps se vida de sa chair. Elle s'alita. Cancer de la peau. J'accueillis la nouvelle dans une joie mauvaise. Bientôt, mon mari fut muté à l'étranger. Je partis l'y rejoindre, quittant même, pour lui, un emploi que j'avais pourtant mis plus d'un an à trouver. Arrivée là-bas, je ne le reconnus plus : il voulait un enfant comme on veut une voiture, tous nos amis, tous les siens, du moins, en avaient. Je n'en voulais pas : tout ce que je voulais, c'était écrire, et retrouver du travail, mais j'avais beau y passer des centaines d'heures, ce fut en vain. Mon refus de son enfant fut incompréhensible – toutes les femmes veulent un enfant, me dit-il, c'est dans l'ordre des choses, je ne peux pas croire que tu n'en veuilles pas, que tu n'en aies jamais voulu. Consternés par cette dissonance, nos amis, enfin, les siens, tous possesseurs d'une voiture, et d'enfants, dont certains étaient, comme on le voyait encore à l'époque dans ces anciennes colonies de l'Empire britannique, eux-mêmes tenus en laisse, au cas où il leur aurait pris l'envie de gambader trop loin, commencèrent à nous inviter moins souvent. Les femmes fuyaient ma compagnie, les hommes me regardaient autrement.

L'un d'eux, surtout. Il parlait peu. Il lisait beaucoup. Le rire et le désespoir nous rapprochèrent. Pour la première fois j'aimais un homme plus que j'avais aimé ma mère. Ce fut une passion inflexible comme l'enfer qui sema le chaos et la désolation dans la petite communauté d'expatriés de cette ville dont chacun disait toujours : Ici c'est calme, Ici c'est propre, Ici c'est tranquille. À la quatrième heure de la journée, quand le soleil paraît lent à se mouvoir, nous nous aimions dans des chambres de hasard. Il était marié, il était père, et, non, il n'aurait évidemment pas la force de quitter sa femme. Je brûlais tous mes vaisseaux. Personne ne m'adressait plus la parole – à part les enfants. Mise au courant, ma mère, que j'avais pourtant connue autrement plus transgressive, mais qui avait fini par devenir aussi conformiste que les bourgeoises dont elle s'était toujours moquée, jugea mon divorce regrettable, ma conduite scandaleuse : pas après sept mois de mariage, il faut savoir endurer les vicissitudes de la vie en couple.

Une fille sans travail ou sans homme qui peut l'entretenir est un désastre. Une lettre, que je lus avec une tendresse émue tant elle avérait le caractère inconditionnel de l'amour maternel, me signifiait que j'étais « une merde qui ne lit que des livres de merde et n'aime que les films de merde » et qu'il était hors de question de revenir habiter au domicile parental. Une semaine plus tard, le jour même de mon retour en France, dans le train, donc, mon oncle Armand m'informa que l'on venait d'enterrer ma grand-mère. À neuf heures du matin.

– Mais j'étais à l'autre bout du monde, et mon avion a précisément atterri à neuf heures, comment une telle coïncidence est-elle possible ?

– Elle t'attendait.

J'étais le visage du pire. J'avais tout raté avec une obstination qui ne relevait pas de la distraction et ne tolérait donc aucun pardon. Je n'étais plus ni petite-fille, ni fille, ni épouse, ni amante. Je ne serais pas mère. Non. Plus rien avant, plus rien après. Parfaitement seule, entièrement libre.

7

On dresse donc des enfants à haïr, à mort. Quand ils sont suffisamment conditionnés à la haine, par une alternance de caresses trompeuses et d'humiliations inavouables, quand leur tête est assez colonisée par des histoires atroces, qui les précèdent et dont ils sont les fruits malades, on les lâche dans ce qu'ils prennent à tort pour la liberté mais qui n'est qu'une autre cage, juste plus vaste. Et ils mordent. Si j'avais été cohérente avec ma décision de me considérer désormais comme sans famille, j'aurais dû, à la mort de ma grand-mère, refuser d'hériter. Je n'en ai eu ni le panache ni le courage. Je n'avais pas de travail, même pas de domicile. Cet argent tombé du ciel, c'était celui dont mon père aurait dû hériter s'il avait été toujours de ce monde. Je me rendis donc chez le notaire, à la place du mort, avec une rapacité dont je ne dois rien taire. Quelques jours après le coup de fil de mon oncle, je remontai une rue d'une ville dont je m'étais exilée durant un an et que soudain je ne reconnaissais plus – c'étaient les mêmes maisons et ce n'était plus les mêmes – pour retrouver mon oncle, devant le perron d'un immeuble terne. Je ne l'avais plus revu depuis l'enfance. Dès que j'aperçus son visage, je me sentis comme ces chiens que l'on espère éduquer pendant des années à mordre sur un mannequin de chiffon pour les préparer au combat, mais qui, quand ils rencontrent enfin celui qu'on leur a toujours désigné comme l'Adversaire, lui réclament une caresse. Toute la douleur d'avoir été privée de lui toutes ces vaines années fondit d'un coup sur moi. Il me regarda. Il dit Pourquoi tout ce temps ? Il se mit à sangloter. Et m'ouvrit grand ses bras. Moi, je ne pleurais pas. J'aurais bien voulu. Je n'y arrivais pas. Je regardais les mains de mon oncle qui serraient mes épaules. Elles ressemblaient sans doute à celles de mon père. À nouveau, mon oncle me regarda, mais cette fois, d'un très drôle d'air. Il lâcha Tu ressembles à ta mère, et s'écarta de moi. Je devins écarlate. L'idée qu'entre ceux qui nous ont précédés dans la succession des générations, les choses ne sont pas toujours ce qu'elles paraissent et qu'une haine inexpugnable peut parfois cacher des sentiments exactement contraires me traversa soudain. Je ne lui en dis rien.

Une dame minuscule, chiffon de rides jailli d'un habit de cendres, dont je me souviens m'être dit qu'elle faisait une tête d'enterrement, nous invita à la suivre. L'étude notariale était bien plus vaste qu'on aurait pu croire, de l'extérieur. Nous longeâmes un couloir, dépassant, sans nous arrêter, trois portes. Un escalier se trouvait derrière la troisième – au-delà, le couloir disparaissait dans l'ombre. On nous mena à une pièce faiblement éclairée où se mêlaient des odeurs de vieux papiers, de pieds, et de haines rances, et dans laquelle on nous laissa moisir quelques minutes. Une cloche sonna. Une porte s'ouvrit. Le notaire, aussi gris et empesé que la pièce dans laquelle nous l'avions attendu, nous invita à rentrer. Mon oncle et moi nous assîmes côte à côte face à lui, allumant chacun une cigarette, de la même marque – seule la couleur des briquets différait. Le notaire étouffa un petit rire sec. Je vois, me dit-il, que vous avez attrapé le virus familial. Il sortit une liasse de documents qu'il approcha de son œil. Mon oncle, enveloppé de tabac, fixait le notaire. Et moi je fixais encore les mains de mon oncle. Je vis flotter, dans la fumée de nos cigarettes, un après-midi d'enfance, passé dans l'éclair d'un conte de fées, au cours duquel mon oncle m'avait emmenée au restaurant chinois puis au Jardin d'acclimatation, puis acheté toutes sortes de jouets, et notamment un jeu électronique de poche, dans lequel un petit bonhomme sauvait des individus qui sautaient en parachute d'un avion en flammes. Je l'avais gardé jusqu'à ce que ma mère, en proie à une de ces crises de fureur dont elle était coutumière à l'époque, ne me l'arrache des mains pour le projeter contre un mur.

La voix du notaire m'arracha, elle, à mes pensées. Je n'avais hérité que du strict minimum légal. Rien de l'empire médical, évidemment. Des débris du château vendu. On me fit nettement comprendre que c'était, d'une part, parce que j'étais la fille de ma mère, que d'autre part elle s'était remariée et, qui plus est, avec un « petit monsieur », et qu'enfin, parce que durant les deux années de la maladie de ma grand-mère, puis pendant son agonie, dans des souffrances atroces, prit le temps de me préciser mon oncle, en ne m'épargnant aucun détail, je n'étais jamais venue la voir, et n'avais en fait jamais tenté de me réconcilier avec elle.

On m'a raconté qu'un héritier déçu à la lecture d'un testament l'avait arraché des mains du notaire pour l'avaler, toute la famille se ruant alors sur lui à grands cris, pour récupérer le document dont il fallut, ensuite, recoller les morceaux tant bien que mal. La pensée cupide qui me vint à la lecture de ce testament fut d'une abjection parfaite, de celles qui amènent à considérer que le cancrelat est supérieur à l'homme en ceci que lui, du moins, n'est pas la cause morale directe de sa laideur. Mais je n'émis aucune objection. Je comprenais parfaitement. Je n'étais pas digne de cet argent, que j'acceptais pourtant avec la puissance consommée de l'ignominie d'en profiter – mais, à bien y réfléchir, aujourd'hui je crois que personne ne l'est jamais et que l'argent lui-même, les crimes comme les inégalités qu'il engendre sont plus indignes encore.

J'entendis la voix de mon oncle : Ta mère a été admirable pendant toute l'agonie de ton père, elle a versé bien des larmes pour le mal qu'elle a causé, elle a aussi été remarquable durant la maladie de mon vieux père. Puis, là, sa voix se fit plus sifflante : Alors j'espère que cet argent, cette fois, compte tenu du fait que tu es majeure, c'est bien toi qui l'auras.

Quand je voulus demander à quelle date la somme me serait versée – une amie m'hébergeait pour quelques jours, mais je devais trouver un logement au plus vite –, je me rendis compte que ma bouche était désynchronisée de mon visage, elle émettait des sons qui empiétaient sur ce que j'avais à dire, en d'autres termes pas grand-chose, sans que je sache pour autant si le notaire et mon oncle remarquaient cette infirmité soudaine. Mais personne ne vit rien, car, de toute façon, personne n'avait jamais rien vu ou n'avait jamais rien voulu voir, et tout semblait pour le mieux dans le meilleur des mondes possibles. Les yeux rivés sur la tache noire que j'avais malencontreusement faite, en renversant un peu de café, sur le bureau du notaire, je ne dis plus rien.

Tous les enfants rêvent à un moment donné qu'ils ont été adoptés – sauf les enfants adoptés. Je ne savais pas à quel moment mon père s'était dit que naître dans sa famille avait été une erreur. Que pour d'autres, cette famille aurait peut-être été une famille merveilleuse, car elle savait être drôle, et courageuse, elle avait aussi une forme de génie de la démesure, mais lui, ça allait le tuer. Je ne savais pas non plus pourquoi, pour leur échapper, mon père était tombé fou d'amour de la plus déglinguée des enfants perdues, de la plus atomique des bombes qui s'était fait tringler par des sales types et des types très sales. Sans doute avait-il vu en elle une forteresse sans porte ni fenêtre sous le plancher de laquelle il était persuadé que se trouvait le plus beau des trésors, son moi profond, qu'il exhumerait, pour la sauver, et la transformer, et qu'il l'avait donc délibérément couverte d'amour, de joie, de rires, de cadeaux et que finalement, d'après ce que l'on venait très aimablement de me signifier, c'était donc cela qui avait causé sa perte. Tout ce à quoi je m'étais désespérément raccrochée depuis toujours pour pardonner à ma mère sa folie et sa violence, tout ce que j'avais échafaudé, année après année, de toutes mes forces d'enfant, pour continuer à maintenir vivant en mon cœur l'amour qu'avaient eu mes parents l'un pour l'autre, venait de s'effondrer d'un coup. C'était dégoûtant. Tout était dégoûtant. L'argent qui corrompt les cœurs. La cupidité des adultes, la mienne. Les mensonges de ma mère, qui depuis toutes ces années attendait donc peut-être patiemment que je meure à mon tour pour hériter de moi. Et mon père qui, comprenant sans doute tout cela, avait tiré sa révérence. Il avait eu raison. Tellement raison. J'allumai une cigarette. Je pris poliment congé de mon oncle et du notaire. Je redescendis la rue, mon enfance crevée dans mes poches vides.

8

Les jours suivants, il fallut vider l'appartement de ma grand-mère. Ou plutôt achever de le faire. Mon oncle avait déjà trié et classé les papiers administratifs et les lettres qu'année après année sa mère avait accumulés, et sans doute déjà mis de côté ce à quoi il tenait le plus. Ne restait qu'à choisir et se répartir les divers objets, sacs à main, vêtements, vaisselle, livres, photographies, et autres meubles. Nous étions là, perdus parmi toutes ces choses, chacun s'acquittant de sa tâche dans son coin, ensevelissant les cendriers sous les mégots de cigarettes. De temps en temps, mon oncle et moi allions l'un vers l'autre, découvrant, dans la tristesse d'un après-midi dont nous savions qu'il serait le seul que nous pourrions passer ensemble, nos habitudes, nos caractères, nos petites manies respectives, tout ce qui nous unissait comme tout ce qui nous séparait. Je me souviens encore de son air étonné quand il me vit serrer dans mes bras un livre ancien. Tu aimes donc les livres à ce point ? me dit-il. Comme ton père. Ton père aussi aimait les livres comme on peut aimer des êtres. Il marqua un temps, ajouta : C'était un doux dingue, il n'a jamais aimé les femmes normales, haussa les épaules, puis, comme un diable rentre dans la boîte d'où il a surgi, s'en retourna dans une autre pièce. Je mis de côté plusieurs miettes splendides : de la poudre de riz, des brosses encore pleines de cheveux gris, une bague que j'avais toujours convoitée, un vieux noyau de pêche trouvé au fond d'un tiroir, le manteau que ma grand-mère portait chaque fois qu'elle venait me chercher à l'école dans sa petite voiture, des guides de tourisme sur l'Autriche, le Japon et Venise remplis de noms d'hôtels et de restaurants qui n'existaient peut-être déjà plus, mais qu'elle avait annotés dans les marges de sa belle écriture pointue, une commode, un paravent, un briquet aux initiales de mon grand-père, un portrait représentant mon père, enfant, exécuté par un grand peintre espagnol, de la vaisselle ébréchée qui venait du château et des albums photo à la couverture craquelée.

Cherchant mon oncle pour lui demander s'il était possible que je prenne la soupière dans laquelle tant de fois ma grand-mère m'avait servi ce potage crémeux dont elle me régalait, je le trouvai assis sur un canapé recouvert d'un drap. Il tenait entre les mains les perles d'un collier cassé, qu'il tentait en vain de réparer. Il jeta un regard désolé sur les fleurs de ma robe. Ses yeux parurent soudain plus bleus dans leurs cernes noirs. Je n'y arrive pas, me dit-il. Il resta un long moment silencieux. Personne ne me voit jamais comme tu me vois là, reprit-il. Mes employés me voient toujours dans une parfaite maîtrise de mes émotions. Un homme, c'est ça, rien de plus, quand sa mère meurt, ajouta-t-il en montrant le collier décomposé dans la paume de sa main.

Elle t'aimait, maladroitement. Mais tu étais la prunelle de ses yeux. Tous les jours, me dit-il, elle t'attendait là, sur ce canapé-là, espérant quand le téléphone sonnait que ce serait toi, que tu l'appellerais enfin pour te réconcilier avec elle, pour lui dire Mamie, pardonne-moi.

Sa respiration devint saccadée, il se mit à rougir jusqu'à la racine des cheveux, s'étouffant dans une toux grasse, les yeux baissés sur le collier cassé. Son visage enfla. Sa bouche trembla.

– Ma maman, ma maman à moi.

Puis brusquement, les yeux durs comme du silex, il approcha son visage du mien, et lâcha :

– C'est ta mère et toi qui l'avez tuée. Ta mère par haine, et toi par désespoir.

Toute la nuit du monde s'engouffra dans ma tête. J'aurais dû dire quelque chose. J'aurais pu dire quelque chose. Mais ma bouche demeura scellée. Je regardais mon oncle, ses paumes fatiguées dans lesquelles se décomposaient les restes du collier. Des immeubles assez laids flottaient de l'autre côté de la rue. Quand je l'entendis de nouveau parler, je n'aurais pas su dire combien d'heures ou de jours ou peut-être d'années s'étaient écoulés ni depuis quand étions-nous assis là, inertes, stagnant dans le deuil d'un absolu qui n'avait jamais existé. Je me vis poser une main sur la sienne puis me lever comme un automate, jeter l'eau des fleurs, mettre les roses à la poubelle, passer la main dans les tiroirs vidés de leurs trésors, humer l'intérieur de la soupière et regarder, posés sur un fauteuil, les manteaux de fourrure dont, petite, je faisais les poches. Il y avait encore le lit de ma grand-mère. Son corps y avait laissé un trou affreux au fond duquel mon oncle me retrouva, enfouie dans les replis de la couette, le menton sur les genoux. Quand je lui annonçai que je voulais ce lit pour mon futur appartement, il m'en dissuada. Nous nous quittâmes au pied de l'immeuble. Tu as un chemin à faire, me dit-il, et tu dois le faire seule. Mais ton père et moi, nous serons toujours là, comme deux ombres. Il disparut dans sa voiture. Il partait rejoindre sa famille. Et moi, je partis beaucoup plus loin.

9

Je traverse la ville entière, dans la plus grande confusion. Je sonne à une porte. Ma mère m'ouvre. Nous allons dans la cuisine. Elle dit Qu'est-ce que tu veux ? Je dis J'ai vu mon oncle. Elle dit Ce gros phoque puant.

Sur la table, il y a un couteau à pain. L'instant d'après, le couteau est dans ma main.

– J'avais une famille, moi, ils étaient comme ils étaient mais c'était ma famille, et t'as pas supporté, t'as pas supporté parce que toi t'en avais pas eu, pourquoi t'as fait ça, vous m'avez tous rendue malade avec vos histoires de baise et de pognon, vous êtes complètement tarés, n'approche pas, sinon je te plante.

Elle fait un geste de la main. Elle répète mon prénom.

Mais moi : Ta gueule, tu m'as menti, sur tout, depuis le début.

Je pointe le couteau vers sa poitrine.

Un volet claque. Je regarde vers la fenêtre. À côté il y a un dessin. Une femme blonde portant une couronne entourée de gros cœurs rouges, de papillons et d'étoiles. Sous le dessin, l'enfant que j'ai été a marqué « Maman ». Le couteau à pain tombe de mes mains. Je m'enfuis. Je dévale l'escalier. Je sors de l'immeuble. Sur le trottoir, je vomis.

10

Le lendemain, je pris rendez-vous chez un second notaire. Pour y déposer mon propre testament.

11

Il existe dans les plis des villes certains lieux où l'on peut se retrancher du monde. À la tombée du jour, le métro me cracha sur une place. De la condensation s'échappait d'une plaque d'égout, avalant lentement le trottoir, les magasins et les passants. Je vis au loin la lueur rose d'une enseigne crépiter dans la nuit. C'était un hôtel. Il était tout à fait minable. Son nom me plut instantanément : « Splendid Hotel ». Je demandai à visiter une chambre. Le veilleur de nuit m'en montra une, au quatrième. Couloir sombre. Pièce exiguë. Lit et papier peint coquille d'œuf merveilleusement défraîchis. La moquette avait dû connaître son heure de gloire au siècle dernier. Ni tableau, ni affiche. Ce quartier m'était étranger. Je demandai s'il était possible de payer au mois. On me répondit que c'était ce que la plupart des clients logeant ici faisaient, même si, aussi longtemps que je suis restée au Splendid Hotel, je n'ai jamais croisé grand monde. J'apercevrais parfois l'amorce d'un bras, l'esquisse d'une silhouette à la fenêtre voisine, le soir, tandis que j'observais les phalènes se fracasser sur le néon rose de l'enseigne de l'hôtel. Mais nous ne nous parlions pas. Quand nous nous croisions dans l'escalier, c'est à peine si nous osions nous saluer. La honte de vivre ici nous empêchait de nous rencontrer vraiment.

Je fis expédier tous les meubles de ma grand-mère dans un garde-meuble, mettant de côté six cartons remplis d'albums photographiques, de livres, de manteaux et de vaisselle, que j'entrepris d'entasser dans ma chambre, avec mes valises. Bientôt, il ne me fut plus possible d'accéder à mon lit ni d'en sortir autrement qu'en me livrant à des contorsions comiques. J'en sortais donc de moins en moins et, comme personne ne faisait les chambres, on me laissait baigner dans ma crasse heureuse, pelotonnée dans mes vieux draps sous les photos étalées de mes grands-parents, de mon père et de son frère, au milieu de feuilles noircies de fragments de phrases insanes, de cadavres de canettes de Coca-Cola, de boîtes de thon, et autres misérables trésors qui, au fil des jours, s'entassaient de plus en plus dans la chambre.

Mes journées n'avaient plus de bord. La nuit ne tranchait plus, de son mordant, les jours de la semaine, un par un. Les heures m'appartenaient enfin. Je mangeais uniquement quand j'avais faim : parfois énormément, parfois rien. Je dormais peu. Je griffonnais, en revanche, tout le temps. Je me glissais dans la peau du silence, avec un bonheur que je n'avais jamais connu jusque-là – le bruit d'une goutte d'eau sur la bonde du lavabo, les ronflements de l'ascenseur ou les pas de ceux qui allaient et venaient au-dessus devinrent, peu à peu, des événements à part entière. Je voulais rester cachée. Je voulais qu'on cesse de m'adresser la parole. Et qu'on me laisse là, dans l'obscurité, à scruter dans l'immeuble d'en face tous ses habitants que je ne rencontrerais jamais, et dont les lèvres observées de loin à travers les vitres bruissaient de paroles inaudibles. Mon nom s'effacerait après ma mort. J'étais enfin chez moi.

Deux mois passèrent. J'avais donc cessé d'appeler quiconque au téléphone. Cessé de fumer. Cessé de parler. Cessé de changer de vêtements. Mes opinions et mes goûts ne me concernaient plus. J'avais eu des convictions politiques ; l'élection d'un nouveau président, les conséquences des attentats du 11 Septembre, comme la reprise des essais nucléaires m'indifféraient. Je m'étais mise en congé de tout ce que j'avais été. Le monde dans lequel j'avais grandi, les valeurs que j'avais cru miennes, les attachements qui avaient formé le cœur de mon enfance, les combats et les engagements de l'adolescence, les choix de l'entrée dans l'âge adulte, le goût des baisers et des étreintes des hommes que j'avais aimés, tout ce qui, année après année, maintient intactes l'envie de grandir et la joie de vivre, dérivait dans un temps que je n'arrivais plus à accorder à ce qui avait été mon passé. Chaque jour décolorait davantage encore le souvenir de toute joie avec ma mère, son mari, et cette enfant qu'ils avaient eue, comme avec tous ceux qui avaient été mes amis. Je savais que j'avais eu des sentiments, mais je ne pouvais plus les ressentir. Je n'aimais plus personne. Ce furent là les jours les plus libres de mes vingt-six premières années.

12

Des signes étranges qui, quand j'y repense aujourd'hui, annonçaient une désagrégation déjà bien avancée de mon esprit avaient commencé à se manifester peu après mon installation : les sons de l'hôtel semblaient de plus en plus forts ; ceux de la rue, par contraste, de plus en plus étouffés. Quand je m'observais dans le miroir, je voyais bien que quelque chose avait changé, mais je n'aurais su dire quoi. À l'épicerie, une commerçante m'avait saluée et demandé quelque chose, quoi ? je ne le savais pas non plus, mais j'avais été incapable de répondre, parce que l'artificialité totale de toute interaction sociale m'avait saisie, au point de me faire perdre l'usage de la parole, ce que j'avais bien sûr été incapable d'expliquer, ni à elle, ni à qui que ce soit d'autre, et quand je l'avais vue faire toc toc avec son index sur sa tête, me dévisageant d'un air dégoûté, cela m'avait peinée, autant pour elle que pour moi, et j'avais simplement bafouillé Excusez-moi. Mais ensuite je n'y avais plus prêté attention.

13

L'automne 2002 arriva. Ma chambre devint une panse tiède depuis laquelle, sans plus parler à quiconque, je vivais la vie tout entière. Par une matinée ensoleillée, j'en sortis.

Je passe une porte verte. Je rentre dans le cimetière. À mesure que je remonte l'allée centrale, bordée de cyprès, je me vois distinctement courir vers le couloir qui conduisait à la chambre de ma grand-mère. À mesure que j'embrasse du regard cette multitude de tombes, ornées d'une multitude de croix, d'une multitude de photographies, d'inscriptions, de couronnes de fleurs, et plus loin, cette multitude de monticules de terre et de gravats, sous lesquels reposent d'autres corps perdus ou honorés, dont les os racontent encore tant d'histoires, je vois s'ouvrir au-dessus de moi dans le ciel gigantesque toutes les portes des chambres du château, d'où surgissent des gens heureux, dans leur peignoir blanc parfumé, au volant de bolides rutilants qui font crisser le gravier, à une table de fête où de petites mains gourmandes s'apprêtent à se ruer sur les parts d'un gâteau d'anniversaire.

J'arrive enfin jusqu'à une tombe couverte de fleurs. Des glycines. Je lis les noms de mon père, de mon grand-père, de ma grand-mère gravés dans la pierre. Je me fais une place, dans un coin, où je me terre, contre la tombe, pour chuchoter ces pauvres choses qu'un seul et même cri résume : Non.

Non, je ne les ai pas abandonnés. Non, si je n'ai pas pu être à leur côté à l'hôpital, pas pu leur tenir la main, pas pu leur embrasser le front, pas pu leur dire adieu, pas pu assister à leur enterrement, c'est qu'ils ne sont pas morts. Non, je ne les ai pas perdus. Non, ils vont revenir. Non, c'est impossible qu'ils ne reviennent pas. Non, il existe en fait deux mondes, parallèles, qui sont absolument identiques, si ce n'est que dans l'un ils sont vivants, dans l'autre ils sont morts.

À un moment, quelqu'un dit On ferme, vous m'entendez, on ferme. Debout derrière moi, dans la pénombre, un homme en habit bleu marine, képi sur la tête, une cloche à la main. Je ne l'avais pas entendu venir. Je regarde l'homme avec curiosité, comme s'il se débattait depuis l'autre côté d'un écran de verre.

Non, je ne ressens, monsieur, aucune nécessité susceptible de me faire sortir d'ici. Rien de ce qui se passe hors de cette enceinte n'a d'intérêt. Je suis parfaitement bien. Regardez, je suis à ma place, mon nom est inscrit.

L'homme en képi, qui en a vu d'autres, insiste : Je peux vous aider ? Je me relève, sans souffle aucun, comme si ce que je venais de lui dire n'était rien, n'avait même jamais été prononcé. Le jour s'est affaissé. Je vois la distance qui me sépare de la sortie ; la distance qui me sépare des arbres et de la rue ; la distance qui me sépare de mon corps. Mes mains, mes pieds et mes orteils se glacent. Je ne ressens plus rien.

Devant les linéaires du supermarché dans lequel je m'arrête avant de regagner ma chambre, impossible de choisir, entre tel ou tel sandwich, telle ou telle pomme, tant j'ai peur de mal faire – j'ai toujours fait si mal, j'ai toujours si mal choisi. À la caisse, impossible de calculer combien il faudrait de pièces de dix centimes et de pièces de vingt centimes pour faire un euro et quatre-vingts centimes. Je reste, abasourdie, devant la caissière dont la voix s'adresse déjà au client suivant, comme les tout petits enfants qui commencent tout juste d'apprendre le calcul mental à l'école, fixant les pièces dans ma paume, ne pouvant plus les corréler à rien.

14

Brusquement, le temps se dilate. Les heures deviennent beaucoup plus lentes à s'écouler, comme si une masse poisseuse, jaillie des profondeurs du ciel et du sol, retenait le passage des nuages, comme des promeneurs et des voitures. Je me sens tapissée d'une substance opaque, qui tache de nuit tout ce que je regarde. Les maisons sont ternes. Les arbres, desséchés. Le ciel, sale. Viennent des rêves où tout recommence. Ce sont des rêves où toutes les couleurs semblent plus vives : les bleus sont plus tranchants, les rouges plus brillants, les blancs plus laiteux. J'ouvre une porte. Les gens qui sont morts ne sont pas morts. Leur visage est lumineux. Ils me prennent dans leurs bras. Je ne suis plus seule. Je n'ai plus peur. Je n'ai plus froid. Quand j'ouvre les yeux, je mets de plus en plus de temps à me souvenir qu'ils sont vraiment morts. Persiste, pendant plusieurs heures, le sentiment qu'ils sont toujours là, et qu'ils vont venir me chercher, et tout sera pardonné. Les portraits de mes grands-parents, de mon père et de mon oncle gisent sur mon oreiller. Je colle mon visage au leur. Je veux rentrer dans les images, mais mes dents se mettent à claquer. La terreur s'abat sur moi. Mes yeux n'arrivent plus à se détacher des affaires de ma grand-mère : je ne peux ni les toucher ni les jeter. Et du fond d'une valise éventrée, l'œil d'argent du dragon ornant la soupière de ma grand-mère me regarde, prêt à me calciner.

Ma bouche reste fermée. Je ne l'ouvre plus que pour ingérer de grosses quantités de nourriture, ce qui ne change rien au fait que, dès que j'avale quelque chose, je défèque, comme un égout qui se vide, l'intégralité des aliments : dès que je les ingère, ils tombent dans un trou, et ressurgissent, à l'autre extrémité de ce corps qui me paraît de plus en plus un trou lui-même. Derrière la fenêtre, j'aperçois le flot des gens dans la rue, poussés par les vagues, comptés, depuis le ciel, comme les moutons de notre enfance, par un immense monde insomniaque. Je m'assieds sur le lit poisseux de sueur. Je compose le numéro de ma grand-mère, pour demander pardon. Une fois. Puis une fois encore. Puis toutes les heures. Puis tout le temps. Personne ne répond jamais. Personne ne répondra jamais plus.

15

La certitude que je ne pouvais pas me tuer puisque j'étais déjà morte s'est installée par degrés, en même temps que la sensation inexprimable d'être entièrement réfugiée dans une tête gigantesque contenant toutes les vies des vivants et des morts. Par décence, il ne m'était jamais venu à l'idée d'appeler qui que ce soit au secours. J'avais trop honte. On n'embarrasse pas les autres avec son chagrin. Chaque fois que d'anciens amis ou ma mère m'envoyaient un message pour savoir tout de même comment j'allais, je répondais simplement, toujours par écrit, « Tout va très bien ». On jugera peut-être tout cela insensé. Pourtant, nos vies sont semées de ces moments où, affligés par un malheur que l'on ne peut souhaiter à personne, on arrive à le cacher à tout le monde : les enfants violés ou battus le savent mieux que quiconque.

Nos chagrins ne varient pas avec les siècles. Ils ne se mesurent ni à l'aune de nos mérites ni à celle de nos possessions. Un deuil reste un deuil. Un cadavre, un cadavre. Une tombe, une tombe. Mais si certaines personnes apprennent à vivre douloureusement avec la perte, d'autres se laissent mourir avec leurs morts. S'il est possible de faire comprendre aux personnes bien portantes ce qu'est une douleur physique, par exemple la douleur que l'on peut ressentir quand on a atrocement mal au ventre, il leur est plus difficile de se représenter ce qu'est l'autoaccusation mélancolique consécutive à un deuil. Dès que vous sortez de l'inconscience du sommeil, ce que fut votre existence s'étale devant vous comme une flaque de goudron, poisseuse, puante. Tout ce que vous avez fait. Tout ce que vous auriez dû faire. Tout ce que vous auriez pu dire à la personne disparue. Tout ce que vous pourriez accomplir demain. Tout se recouvre d'une glu noire qui comprime la poitrine, naphte qui brûle l'âme d'un feu lourd, dévaste vos boyaux, et fait défiler à toute heure du jour et de la nuit en arrière de vos yeux toutes les fautes que vous avez commises, ou pu commettre, ou sans nul doute commises sans le savoir, mais peu importe, car elles collent toutes les unes aux autres en un écoulement affreux.

On sait ce qu'est la dévalorisation. Plus perçante est la haine de soi. Elle méduse. On se regarde comme les autres vous regardent, comme un être qui aurait tout pour être libre et heureux, et qui rencontre cette haine féroce de soi, dans laquelle toutes vos pensées se réfugient pour vous faire mourir de l'intérieur. Mais ce qui tue, ça n'est pas seulement la douleur morale. Ce qui tue, c'est aussi la condescendance et le mépris de ceux qui pensent que la douleur d'un deuil qui se prolonge relève d'une paresse de la volonté ou d'une faiblesse complaisante.

16

J'entends un râle rauque. Je ne sais pas d'où il vient. Je suis couchée dans mon lit en chien de fusil. Le sang semble s'être retiré de mon cœur. Il est sec, minuscule, dur comme un caillou. Je n'arrive plus à lire. Je ne peux plus regarder la télévision ni écouter de la musique. Le gros corps moelleux de ma grand-mère me manque. C'est un manque affreux. Un manque qui racle à l'intérieur des organes et vide tout entre les côtes et le bassin. Je revois ces chambres d'enfance, celle de ma mère, celle de ma grand-mère, celle de mon oncle, ces chambres vides que j'arpente dans le vœu de n'avoir jamais été conçue. Je regarde cette chambre d'hôtel, dans laquelle ce corps qui fut le mien s'endort dans une fatigue si grande qu'elle n'est même plus celle de quelqu'un. Et derrière toutes ces chambres, une porte s'ouvre soudain sur une chambre d'hôpital dans laquelle mon père agonise éternellement tandis que, éternellement, j'attends son retour à la maison. Je sors de mon lit, à bout de forces, dans une pesanteur poussiéreuse. Je me traîne jusqu'à une droguerie. Je demande des sachets de lavande. Je remonte dans ma chambre. J'éventre un premier sachet de lavande. Je frotte le sachet contre mon nez. J'en ouvre un autre. Et un autre encore. Les lattes des volets crépitent comme du bois brûlé. L'air sature de poussière. La salle de bains luit dans une blancheur de clinique. Mon père et mon oncle s'engouffrent dans une chambre, au chevet d'un malade. De dos, ils ont à présent la même silhouette, trapue et épaisse, le même corps dédoublé, la même démarche. Ensemble, ils ont enfin l'air heureux. Je tends les mains vers eux. Des points neigeux dansent sur ma cornée. Les murs s'écartent et s'ouvrent sur un parc. Je suis sur la grande terrasse aux lions du château de mes grands-parents. J'ai quinze ans. Arbres et statues s'effacent dans la brume. Le thé est servi. La bouche cireuse du baron de R. s'approche tout près de mon visage. Et que voulez-vous faire dans la vie, mademoiselle ? Je réponds : Écrire. Il se met à rire, ajoutant, dans un sourire abrupt et cassant : Heureusement, vous avez tout le temps de changer d'avis. Immobile sur ma chaise, je siffle entre mes dents Ta gueule, bouffon. Je lève les yeux vers la tour d'angle, jusqu'à la fenêtre de l'ancienne chambre de mon père. Dans un frémissement de paupières, je vois une gargouille se détacher des murailles, tomber sur le baron qui continue pourtant de rire de toutes ses dents. Un goût de charogne stagne dans ma bouche. Du sang tache ses souliers et son costume, emportant le baron dans le néant d'où il a surgi. Je souris. Je repose ma tasse en porcelaine sur le plateau d'argent. Je prends mon sac. Je me lève. Sans un mot, je quitte la terrasse. Harry prend son sac. Il se lève. Sans un mot, il quitte l'amphithéâtre de la faculté. Un train l'emporte. Un train m'emporte. Je suffoque. D'une voix très douce, la grand-mère, du lit dont elle ne se lève plus que rarement, raconte à l'enfant que je suis à nouveau, allongée à ses côtés, dans son petit lit bleu, le bateau pour la France, la dignité à maintenir, les dragons à combattre, les sortilèges dont il faut se garder, chuchotant Je le sais maintenant, je ne l'ai compris qu'après la mort de ton père, cette voyante qui m'avait prédit, quand j'étais toute jeune fille, bien avant la naissance de ton père et de ton oncle, que j'aurais deux enfants et demi, eh bien, tu sais, cette demie, c'est toi, parce que tu es bien plus que simplement ma petite-fille, tu lui ressembles tant. Tandis qu'elle parle encore, à moins que déjà ses lèvres ne soient closes, le funèbre cortège des voix qui habillaient les couloirs de rires et de cris s'ébranle au fond de moi, comme une danse macabre. Je caresse sa joue duveteuse. Je me blottis dans le creux de sa nuque. Tu sens si bon la lavande, mamie. Tout s'obscurcit. La pièce rétrécit. Il n'y a plus de porte. Le plafond bouge. Je veux sortir. Il s'affaisse. Je veux sortir. Il va nous écraser. Laissez-moi sortir. Les miroirs sont voilés. Les meubles se drapent de blanc. Les placards se referment puis s'ouvrent sur les robes que ma grand-mère ne mettra plus et dont, immobile, debout, dans le grand cimetière où je sais depuis l'enfance qu'une place m'attend, je serre les étoffes rapiécées de toutes mes forces en balbutiant Pardonne-moi, pardonne-moi, jusqu'à ce que je m'aperçoive que ma bouche se liquéfie et fond. Je me réveille, en nage, couverte de fleurs de lavande décomposées, tout étonnée de pouvoir hurler alors que je n'ai plus de bouche. J'essaie de bouger. Je regarde mes mains. Ces gants de peau qui pendent au bout de mes bras ne sont plus mes mains. Je vais jusqu'à la fenêtre. Dehors tout semble factice. Les nuages roulent vers mes yeux comme de l'écume. Le vent siffle un écho de voix inarticulées. Il forcit, charriant par bourrasques des chambres floues, des lits défaits, des visages aimés, des souvenirs heureux, qui me reviennent, tout à coup, en rafales, non pas comme si tout cela avait existé naguère, mais comme si tout cela existait, maintenant, et que je les regardais, sous un tas de terre noircie où, depuis toute éternité, je suis couchée.

La nuit luit, boueuse, sans aucun souffle d'air. Il n'y a plus d'étoiles. Je n'ai jamais vécu. J'avance vers le miroir. Une tête aux yeux creux me regarde. Je pose une main sur la glace. Il pose une main sur la glace, son père et son frère derrière lui. Nous sourions d'un même sourire, puis nous nous arrachons l'un à l'autre dans une même grimace. Je me retourne. Je me vois encore couchée sur mon lit. Je veux crier. Les mots, tombés avec moi dans un puits sans paroi, ne sont plus d'aucun secours.

Les lumières s'allument. Le brancardier arrive en courant. Quelqu'un hurle. On jette à la hâte le corps d'une jeune femme sur une table.

Quand je reviens à moi, je suis étendue dans une autre chambre, chez ma mère.

Ses yeux. Mon silence. Notre chagrin. Nos souvenirs.

Personne ne s'était aperçu qu'un cadavre enseveli sous une montagne de détritus logeait dans la chambre 48 du Splendid Hotel. Je continuais à la payer au mois.

17

La tristesse qui tombe sur la poitrine dès qu'on ouvre les yeux. Le manque absolu d'appétit et de force qui ruine toute envie de se lever. La fuite dans le goudron du sommeil. Les songes qui arpentent les décombres de l'enfance : chambre vidée de ses jouets, cuisine où se décomposent les restes d'un repas, parc calciné aux peupliers déracinés. Les bouffées de terreur qui réveillent, à trois heures du matin. Le corps vidé de ses organes, plein à ras bord d'un liquide noir. La tête qui veut se taper contre le mur parce qu'elle ne se sent pas exister. La blancheur des cliniques où la mère, terrorisée par ce qui est arrivé à sa propre mère, supplie qu'on n'enferme pas son enfant. La négociation pour les soins à domicile. La torture de la culpabilité quand on contemple autour de soi l'horreur familière des meubles. La honte d'être redevenue dépendante de cette mère et de ce beau-père qu'on avait voulu fuir et qui sont désormais les seuls sur qui compter. L'incapacité de rester sans surveillance plus de quelques minutes parce qu'on a perdu l'usage des mots, et que, éveillée ou endormie, ce n'est même plus le sentiment de la fin, mais la certitude d'être avalée dans l'horreur du cauchemar toujours recommencé.

Ils écoutent tout ce que disent les médecins. Ils hochent la tête. Ils essaient de comprendre l'étendue de la tristesse, l'ampleur de l'angoisse. Ils font semblant de comprendre. Ils répètent Je comprends. Ils disent qu'ils ont toujours tout fait en pensant faire le bien. Ils demandent Veux-tu que l'on t'arrange tes oreillers ? On se terre sous la carapace de la couverture. Ils s'assoient sur le lit. Ils bredouillent On t'aime très fort ou Le docteur est optimiste ou Tu vas t'en sortir. Ils ne pensaient pas un seul instant qu'on pouvait être triste d'hériter, triste d'avoir perdu une grand-mère qu'on n'aimait pas, triste pour un père qu'on n'a pas connu. Ils répètent (comme les enfants anxieux veulent cacher les mauvaises pensées qui les assaillent, les forces obscures qu'ils ne contrôlent que faiblement, par de bons sentiments) On pensait que tu étais en train de te faire une belle vie, loin de nous. Que tu avais besoin d'être seule, pour te construire. Que si tu ne donnais pas de nouvelles, c'est que tout allait bien. Et on respectait ton choix. Ils pleurent. Ils demandent pardon. On les fixe depuis un point qui est pure négation de l'ordre de leur monde. On dit qu'on ne leur en veut plus de rien. Mais cette formule, ils s'en rassurent. Ils ne l'entendent pas grincer dans la tête du pantin disloqué qui ricane parce qu'on n'en veut plus à personne, on n'en veut plus de rien, quand on ne veut plus de rien. On détourne les yeux. On fixe la fissure du mur où s'éteint le soleil et d'où sortent peu à peu deux ombres.

18

Les yeux horrifiés, il enfonce tout entier le corps de son fils dans sa bouche. Au dos de la dernière carte postale envoyée à la mère et au beau-père, pas d'autre mot que « Mes parents chéris, tout va très bien, j'espère que pour vous aussi. Je vous embrasse bien fort », et cette légende : « Francisco de Goya, Sans titre ou *Saturne dévorant un de ses fils*, 1819-1823 ».

19

On vous dit Il faut vivre, vous allez vivre, vous devez vivre, c'est beau la vie, vous êtes trop jeune pour mourir, accrochez-vous, vous allez voir, ça vaut la peine. On vous dit Vous êtes en état de choc, plus tard il faudra aller voir quelqu'un pour en parler, raconter pourquoi et comment vous en êtes arrivée là, mais pour le moment, c'est trop tôt, parler de tout ça vous ferait plus de mal que de bien, il faut d'abord calmer tout ça, ce qu'on vous a donné, là, c'est quelque chose de nouveau, pour les épileptiques et les gens comme vous, ça marche bien, on a de très bons résultats, et puis on a mis un neuroleptique pour les angoisses, et puis un antidépresseur, très incisif et donc très efficace, ça va peut-être vous faire prendre un peu de poids, mais c'est un moindre mal.

J'enfle. J'enfle encore. Je dors dix-huit heures par jour, privée de rêves par les drogues. Dès que je ne dors plus, la nuit tombe dans la poitrine, tout geste redevient hors de portée. On vous dit La rétention urinaire, c'est un effet secondaire. Que les angoisses et la tristesse ne passent pas, ce sont des choses qui arrivent. Ne vous inquiétez pas, on va essayer d'autres molécules, vous allez peut-être prendre encore un peu de poids, mais c'est comme tout dans la vie, il faut évaluer le rapport bénéfice-risque. Là il faut qu'on vous aide à oublier un peu ce qui vous est arrivé, pour que cela s'arrête de tourner en boucle dans votre tête. J'enfle plus encore. Je n'oublie rien. Les jambes bougent toutes seules, la bouche se contracte. Le gonflement des seins et l'écoulement de lait, la langue qui sort de la bouche, tout ça, ce sont des effets secondaires du traitement. On ajoute un « correcteur ». Là, voilà. Langue rentrée, jambes rigides. Pensées ralenties. Vous ne bougez plus. Fond de l'œil noir, teint chrysanthème, température corporelle et tension au plus bas, foie aussi gras que celui d'une oie servie lors d'une fête de famille. Quand je sors, accrochée au bras de ma mère, parce que les branches des arbres me font peur, traversant lentement la rue jusqu'au laboratoire d'analyses, faire la prise de sang pour contrôler l'effet des médicaments sur le cœur et le foie, j'observe les jeunes femmes et les garçons, à la terrasse du café. Ils ont dans les yeux le siècle qui vient. Les filles sont si belles, si joyeuses. Si sûres d'elles. Au loin, dans la vitre du café, flotte un cimetière où j'aperçois l'ombre d'une tête aux paupières enflées et aux joues soufflées à l'hélium, surmontant un ventre qui ressemble à un tas de pneus posés les uns sur les autres, et des jambes gélatineuses. Grosse, enfin grosse. Bouffie, débordante. Comme mon père, mon oncle, et ma grand-mère.

20

On vous dit, Il faut travailler, le travail c'est la santé, le travail autonomise, maintenant que ça s'est calmé dans ta tête, il faudrait vraiment que tu te remettes à travailler, réapprendre à vivre avec les autres, t'imposer des règles, des contraintes, ça va te faire du bien. À l'Agence nationale pour l'emploi dans laquelle vous échouez, on vous regarde comme une chose répugnante parce que vous n'avez plus travaillé depuis plus de trois ans. Quand vous réussissez à articuler que vous avez aimé écrire, que ce qu'il faudrait peut-être, c'est un travail où vous pourriez écrire, on fait la grimace : on est parfaitement au courant de votre dossier médical. Et puis, de toute façon, les littéraires, on n'a pas de travail pour eux.

On vous envoie dans un atelier où l'on vous apprend à vous vendre « dans un contexte de crise dû à différents accidents internationaux et à l'éclatement de la bulle spéculative ». Vous séchez l'atelier suivant. On vous rappelle à l'ordre : au vu de votre état, il faut vous résoudre à accepter le premier emploi qui se présente, sinon pensez à l'hôpital de jour. Va pour un mi-temps dans une agence de marketing. Déchet, j'y produis des déchets : en l'occurrence, des courriers publicitaires qui bourrent les boîtes à lettres, atterrissent dans la poubelle de l'immeuble, puis, quand un camion vient les chercher, partent rejoindre les ordures, et finissent broyés, malaxés, puis recyclés en pâte à papier toujours plus grise, qui servira à imprimer les prospectus et les courriers qui repartiront à nouveau rejoindre les boîtes à lettres d'immeubles qui n'en voudront pas plus. Chaque jour de la semaine, ma mère me réveille, elle me fait à manger, elle m'accompagne en voiture jusqu'à l'agence. À dix-huit heures tapantes, je quitte le bureau, je remonte dans la voiture de ma mère, et je retourne me coucher. Les deux cycles de recyclage et d'éjection des déchets sont parfaitement synchronisés.

Je ne sais plus faire d'addition ni de soustraction de tête. J'ai des trous dans le crâne à la place de certains mots. C'est sans importance, me dit-on. Vous savez, si cela n'allait vraiment pas, il faudrait songer à l'hospitalisation, ce serait pour vous le début d'un mieux-être.

La maladie et la douleur chronique finissent par faire de nous des experts de nos symptômes. En d'autres termes, on sait comment les dissimuler pour garder un semblant de normalité, demeurer pitoyablement respectable. Je sais que je ne dois jamais me regarder dans le miroir ; il ne reflète rien. Je sais également comment me cacher derrière l'écran de mon ordinateur quand les médicaments pris à midi commencent à me faire piquer du nez. Quand tout s'estompe, quand les gens n'ont plus de consistance, quand toute l'existence ressemble à des images rêvées, quand toutes les conversations deviennent un bruissement mortifère parlé par des morts, quand je ne peux plus supprimer en moi la conviction d'observer tout cela depuis mes limbes, j'entame la conversation avec n'importe quel collègue sur n'importe quel type de sujet, pour que le fait qu'on me réponde m'aide à me persuader de ma réalité actuelle. Quand l'angoisse monte trop, je glisse de ma chaise jusqu'aux toilettes où je me cache jusqu'à ce que la crise passe. Tenir le coup, il faut que je tienne le coup, tu dois tenir le coup, tiens le coup, je ne tiens plus le coup. Quand je présente ma démission, à bout de forces, le chef de l'agence a ce mot : Tu me déçois. Je ne réponds rien. Je souris. Et je retourne me coucher.

21

Un an et demi passe.

22

Harry et Armand s'arrêtent, dans un calme irréel, et se retournent en même temps. Puis ils se détournent comme une seule ombre et se penchent au-dessus du landau, stoppés dans leur élan. L'image se bloque. Longtemps gardées dans un tiroir, certaines bobines, dont celle-ci, sont coupées par endroits. Le préparateur est rompu à ce genre d'exercice. Il sait que plusieurs décennies peuvent s'écouler avant que ces films de famille, restés en sommeil dans des caves, des greniers, des cartons, des placards, des tiroirs ou les poches d'une sacoche caméra, lui soient confiés. Il n'est jamais tout à fait certain de pouvoir en tirer quelque chose. Mais il y consacre l'essentiel de ses journées. Il efface les striures, scrute chaque changement de couleur sur la pellicule. Répare les souvenirs des autres. La cliente qui lui a confié une dizaine de bobines dormant dans des boîtes de celluloïd noires depuis vingt-huit ans a déjà appelé deux fois depuis le début de la semaine. Au téléphone, sa voix tremblait. Elle suppliait de sauver tout ce qui pourrait l'être. Plus que pressée, elle semblait inquiète, presque confuse. Deux heures plus tard, il la rappelle. Cette fois, c'est prêt. Quand Ève vient récupérer sa commande, le jour même, il détaille ses yeux ni tout à fait verts, ni tout à fait bleus, constellés de minuscules paillettes ambrées. Il reconnaît, malgré les rides et le corps cassé par la fatigue, la blonde à l'irradiante beauté du film de famille.

23

On m'a réveillée pour me montrer quelque chose. On m'a dit que c'était une surprise. On m'a dit que c'était important. On m'a fait asseoir dans un fauteuil. Je vois l'air triste et doux de mon beau-père. Le visage bouleversé de ma demi-sœur. Les larmes de ma mère. Je voudrais les consoler. Je ne comprends pas ce qui leur arrive. Je suis fatiguée. Je voudrais qu'ils se taisent. Je veux retourner dormir. J'aimerais qu'on me laisse dormir. Un film commence.

Brusquement, mon château surgit des bois. Tourelles de briques sable, grille de fer forgé, sentes de gravier et d'herbes folles qui mènent à une chapelle romane, profond couloir de chênes séculaires dans lequel deux silhouettes trapues s'en vont, d'un pas égal, vêtues de peignoirs qui les effacent presque sur le fond des murailles aperçues au loin, dans la lumière écrasante de l'été. L'un d'eux pousse un landau d'où l'on voit surgir deux petits pieds ronds. Ils s'arrêtent, secoués d'un même rire qu'on n'entendra jamais, se penchent au-dessus du landau, immobiles, comme une seule ombre. L'image crépite. Leurs lèvres remuent à peine. Ils ne bougent plus.

Le film super-8 se strie de griffures blanches, il se bloque, puis se débloque, leur faisant reprendre leur promenade à toute allure, comme des personnages d'une comédie burlesque de l'âge d'or du muet, filant entre des pommiers en fleur et des massifs de roses et de pivoines, d'où fulminent d'étranges éclats trop rouges, jusqu'à une piscine, masquée par une allée d'épicéas, en contrebas du parc. Allongée sur le dos, bras et jambes flasques, le visage tourné vers le ciel, ma grand-mère Louise flotte, incroyablement jeune, les yeux mi-clos, dans un costume de bain à larges fleurs mauves. Mon oncle, Armand, pose un doigt sur sa bouche, invitant d'invisibles spectateurs à se taire, défait son peignoir d'un geste théâtral, agite les bras comme s'il prenait son envol, avant de sauter, en slip de bain, genoux fléchis, dans la piscine. À nouveau l'image se fige, le laissant un instant suspendu dans le vide dans lequel il plane comme sous un orage de neige qui éclate puis s'interrompt soudain, en quelques secondes. Il déchire l'eau, vidant la piscine d'une partie non négligeable de son contenu, éclaboussant au passage, ravie de son audace, sa mère qui rit à gorge déployée et lui lance de l'eau au visage. Mon grand-père Joseph, en salopette et casquette grises, debout à la droite de l'image, continue à saisir des brochettes et des chipolatas orangées sur un barbecue, imperturbable. Sur la bobine suivante, une araignée se tient, au centre de sa toile, tête en bas ; un grand chien, noir et feu, musculeux, babines retroussées, langue pendante, court après une balle ; des nuages s'amoncellent, la pluie tombe sur une rivière, le ciel s'éclaircit, le soleil émerge à nouveau des nuages. Une jeune femme abritée sous un chapeau de paille entre par le bas dans le champ de l'image. Maman ! Ma maman. Comme elle est belle. Ève se relève, emplissant soudain de sa beauté pure une large partie de l'image, rendant soudain, par sa seule apparition, mon oncle et mes grands-parents à l'état de miniatures qui fuient à l'arrière-plan. Sur la troisième bobine, en bikini d'un blanc immaculé, le visage absent, elle fait mine de s'assoupir sous un cerisier. Elle croque un fruit, dans une lumière également très blanche, qui crée autour de ses yeux, soulignés de khôl, de sa poitrine, de ses jambes et de ses bras, une sorte de cocon, fume une cigarette, se lève de son transat, allume un transistor, danse, tourne sur elle-même, rit, tourne encore et encore. Brûlent sur ses lèvres une joie juvénile, insolente et butée, l'amour et le mépris qu'elle a de la vie, comme de celui qui la filme et à qui elle envoie des baisers. Elle s'avance vers la caméra, l'attrape.

Les couleurs du film claquent dans mon œil. Je pousse un cri.

Je vois enfin le visage de celui qui la filmait. Je vois le visage de mon père.

Son visage remplit l'écran.

Mon père vivant.

Je vois mon père vivant.

Je le vois bouger. Il a donc bougé, un jour. Il bougeait. Il bouge. Il existait. Il a existé.

Ma respiration s'accélère. Je le vois bouger. Je le vois rire. Je le vois sauter dans la piscine. Il crawle, mal, vers un petit canot pneumatique. Il n'est vraiment pas beau. Il est ridicule. Il n'est pas bon nageur. Il est si vivant. Il est si jeune. Il est fantastique.

La caméra change de mains. Mon oncle apparaît. Il s'approche de ma mère, à la frôler. Il se tient face à elle, les yeux rivés dans les siens. Il regarde la mèche de ses cheveux qu'un souffle de brise ramène sur ses lèvres. Et le mystère lointain des paroles qu'ils s'échangent s'étend sur ce que la pellicule révèle de ce film de famille où l'on découvre, plus loin, pique-niques, fêtes, anniversaires, et tant de gaieté, tant de sourires, tant d'éclats de rire, tant de jours où tout scintille un instant encore.

Je vois mon père sortir de l'eau. Je le vois se sécher. Je le vois se diriger vers un couffin posé à l'ombre d'un arbre. Je le vois prendre un bébé au visage fripé de sommeil dans ses bras. Il lui caresse la joue, l'embrasse tendrement puis lui chuchote quelque chose dont le film, muet, ne révélera jamais rien. L'enfant ouvre les yeux, déplie son minuscule poing serré, attrape le doigt de son père et plante son regard dans le sien. Tout son petit visage s'anime de joie. Les coins de sa bouche se soulèvent. Je t'aimais donc et tu m'aimais aussi.

Personne ne m'avait jamais dit que j'aimais mon père.

À présent, je regarde ma mère, en pleurs, recroquevillée dans les bras de son mari. Je détourne les yeux.

Je me lève. J'ai toujours été seule. Tu ne m'as jamais abandonnée. Tout ce temps, sans toi, je n'étais jamais seule. J'étais toi, aussi. J'étais deux. J'avance vers mon père. Je pose une main sur sa joue comme, de l'autre côté de l'écran, il pose une main sur la mienne. La douceur terrible de son sourire fond sur ma bouche. Mon rire fuse avec mes larmes.

24

Une dizaine de jours plus tard, vers midi, je me réveille. Je vais dans la salle de bains. Je n'ai plus peur de rentrer dans la baignoire.

J'ouvre le robinet de la douche. Je sens l'eau sur ma peau. Je n'ai plus peur de me laver.

Je sors de la baignoire. J'enfile un peignoir. Je sens le contact rêche du tissu sur mon dos.

Je vais jusqu'à la cuisine. Je me sers un café. Le café est bon.

Quelque chose a changé. Je regarde par la fenêtre. Je vois la couleur des choses.

Je retourne dans la salle de bains. J'allume la lumière. Je lève une tête craintive vers le miroir.

Le mercredi 27 avril 2005, constatant une guérison subite qu'ils n'arrivent pas à s'expliquer, les médecins décident d'interrompre les neuroleptiques, les thymorégulateurs et les antidépresseurs. Je n'en ai plus jamais repris.

25

Je suis morte. J'en suis revenue. J'ai pu vieillir.

Je suis devenue à mon tour quelqu'un qui soigne. Passer l'essentiel de ses journées à l'écoute de la couleur secrète du monde et du plus obscur de la détresse humaine est peut-être un choix curieux. Mais une solitude qui se sent comprise devient, parfois, enfin supportable.

Le savoir que la mort laisse en nous ne s'efface pas. Après certaines déflagrations, on n'habite plus jamais vraiment avec soi-même. Mais c'est aussi précisément pour cette raison-là qu'il est possible d'aimer plus intensément : puisque tout est déjà perdu, il n'y a désormais plus rien à perdre.

J'ai détesté la personne que j'ai été jusqu'à la mort de ma grand-mère. Fritz Zorn considère dans *Mars* que son cancer, dont il mourut, à trente-deux ans, sensiblement au même âge auquel la maladie emporta mon père, fut une bénédiction qui l'arracha au conformisme de son milieu, celui de la grande bourgeoisie de la rive dorée du lac de Zurich. L'effondrement qui me laissa pour morte fut la meilleure chose qui puisse arriver à cet individu qui portait mon nom et que j'ai dû tuer de mes propres mains dans une chambre d'hôtel, tant je le haïssais. Parfois, ce qui fait basculer un destin d'un côté ou de l'autre se joue à rien. Ni mérite, ni courage. Le hasard. Un volet qui claque dans une cuisine. Une mère entourée de cœurs et d'étoiles sur un dessin d'enfant. L'argent ? Il n'y a plus d'argent. Cet argent était maudit. Je l'ai brûlé, mélancoliquement. Il a servi à ma cure et m'a permis de reprendre cinq années d'études pour apprendre à soigner d'autres gens.

Maintenant que tous ceux dont il est question ici, ou presque, ont été portés en terre, me reste le souvenir de ce qui, en eux, fut beau, fut digne, fut courageux, et grand, et aussi diverses babioles, un peu de vaisselle, des lettres d'amour de mon père à ma mère et des lettres d'insultes de mon oncle à ma mère, qui forment, au fond, les deux faces d'une même médaille. Parfois, on croit en avoir fini avec la douleur, et puis, on tombe sur une lettre, une photographie, une brosse à cheveux, la paire de lunettes du défunt, ou ses cours de deuxième année de médecine, et l'on se cache pour pleurer. On prétend que c'est en revivant, par le souvenir, toute la complexité de nos liens avec la personne disparue que l'on peut supporter de la perdre, accepter de s'en détacher, et, un jour, retrouver le goût de vivre, la joie d'aimer. C'est exact, la plupart du temps.

Mais ce que vivent les gens comme moi, c'est autre chose. Pour nous, le temps du deuil ne cesse jamais. Car nous ne souhaitons surtout pas qu'il cesse. Nous ne voulons pas de son évacuation forcée. Nous ne tenons pas à surmonter la perte. Nous n'aimons pas être consolés, séparés de la chose perdue. Nous vivons, en permanence, dans et avec nos morts, dans le sombre rayonnement de nos mondes engloutis ; et c'est cela qui nous rend heureux. De Saturne, astre immobile, froid, très éloigné du Soleil, on dit que c'est la planète de l'automne et de la mélancolie. Mais Saturne est peut-être aussi l'autre nom du lieu de l'écriture – le seul lieu où je puisse habiter. C'est seulement quand j'écris que rien ne fait obstacle à mes pas dans le silence de l'atone et que je peux tout à la fois perdre mon père, attendre, comme autrefois, qu'il revienne, et, enfin, le rejoindre. Et je ne connais pas de joie plus forte.

Dans un poème de Gustav Schwab, un cavalier veut atteindre le lac de Constance et le traverser en barque. C'est l'hiver. Tout est enseveli sous la neige. Sans le savoir, le cavalier s'avance au galop sur la glace. Quand il atteint enfin l'autre rive, étonné de n'avoir toujours pas vu le lac, il demande où il se trouve. On lui apprend qu'il vient de le traverser. On le félicite. À ces mots, il se fige. Son cœur cesse de battre. Il s'écroule, terrassé. Revenir sur ce qui fut le lieu de notre anéantissement n'est pas possible sans se rendre compte enfin avec horreur de l'ampleur de ce à quoi on a survécu. Et pourtant, un jour, caché dans la grande pulsation d'une ville cernée de montagnes, où l'on pensait ne jamais revenir, on écrit, depuis l'autre côté d'un lac enfin traversé sans s'y noyer, d'une toute petite main, tremblante, honteuse, si peu sûre d'elle, ce que l'on chuchotait déjà dans le noir d'une chambre d'enfance où l'on parlait tout seul aux étoiles et aux planètes de papier collées au plafond.

J'ai maintenant, autour des yeux et le long des joues, les rides que mon père n'aura jamais. Ce livre a usé mes forces. Mais la seule chose qui compte, c'est que tous ceux que nous avons aimés, tous ceux que nous avons pleurés, tous ceux que j'ai imaginés, tous ces rêves évaporés, tous ces lieux où je ne suis jamais allée, tous ces affrontements, ces passions, ces déchirures qui n'existent plus que par les souvenirs de souvenirs que l'on m'a racontés, la totalité du monde où nous sommes apparus, tout ce qui nous a tués, lui et moi, tout cela ne nous atteindra désormais pas plus qu'un souffle de vent qui renverse un château de cubes aux pieds d'une enfant en train de jouer. J'entre dans l'automne de Saturne. Et sur la route où je pars, seule, mais avec mon père, seule, mais avec ceux que j'aime, seule, mais avec les mélancoliques, les amoureux, les endeuillés et les intranquilles, seule, mais cachée dans la foule des vivants et des morts, tout est perdu, tout va survivre, tout est perdu, tout est sauvé. Tout est perdu. Tout est splendide.

RÉALISATION : NORD COMPO À VILLENEUVE-D'ASCQ
IMPRESSION : MAURY IMPRIMEUR À MALESHERBES (45)
DÉPÔT LÉGAL : AOÛT 2021 - N° 147318-3 (261180)
IMPRIMÉ EN FRANCE

Éditions Points

DERNIERS TITRES PARUS

P5090. Luc, mon frère, *Michael Lonsdale*
P5091. Un haïku chaque jour. Un poème et sa méditation pour être plus présent à la vie, *Pascale Senk*
P5092. 365 Jours avec Rainer Maria Rilke. Paroles d'un maître de vie, *Rainer Maria Rilke*
P5093. Les Fils de la poussière, *Arnaldur Indridason*
P5094. Treize Jours, *Arni Thorarinsson*
P5095. Tuer Jupiter, *François Médéline*
P5096. Pension complète, *Jacky Schwartzmann*
P5097. Jacqui, *Peter Loughran*
P5098. Jours de crimes, *Stéphane Durand-Souffland et Pascale Robert-Diard*
P5099. Esclaves de la haute couture, *Thomas H. Cook*
P5100. Chine, retiens ton souffle, *Qiu Xiaolong*
P5101. Exhumation, *Jesse et Jonathan Kellerman*
P5102. Lola, *Melissa Scrivner Love*
P5103. L'Oubli, *David Foster Wallace*
P5104. Le Prix, *Cyril Gely*
P5105. Le Pleurnichard, *Jean-Claude Grumberg*
P5106. Midi, *Cloé Korman*
P5107. Une douce lueur de malveillance, *Dan Chaon*
P5108. Manifesto, *Léonor de Récondo*
P5109. L'Été des charognes, *Simon Johannin*
P5110. Les Enténébrés, *Sarah Chiche*
P5111. La Vie lente, *Abdellah Taïa*
P5112. Les grandes villes n'existent pas, *Cécile Coulon*
P5113. Des vies possibles, *Charif Majdalani*
P5114. Le Mangeur de livres, *Stéphane Malandrin*
P5115. West, *Carys Davies*
P5116. Le Syndrome du varan, *Justine Niogret*
P5117. Le Plongeur, *Stéphane Larue*
P5118. Hunger, *Roxane Gay*
P5119. Dégager l'écoute, *Raymond Depardon et Claudine Nougaret*
P5120. Comment j'ai arrêté de manger les animaux *Hugo Clément*
P5121. Anagrammes. Pour sourire et rêver, *Jacques Perry-Salkow*
P5122. Les Spaghettis de Baudelaire. 50 conseils pour briller en cours de lettres, *Thierry Maugenest*
P5123. Tout autre nom, *Craig Johnson*
P5124. Requiem, *Tony Cavanaugh*

P5125. Ce que savait la nuit, *Arnaldur Indridason*
P5126. Scalp, *Cyril Herry*
P5127. Haine pour haine, *Eva Dolan*
P5128. Trois Jours, *Petros Markaris*
P5129. Quand notre cœur s'ouvre à la spiritualité *Caroline Coldefy*
P5130. Les Invisibles, *Antoine Albertini*
P5131. Le Fil de nos vies brisées, *Cécile Hennion*
P5132. D'os et de lumière, *Mike McCormack*
P5133. Le Nouveau, *Tracy Chevalier*
P5134. Comment j'ai vidé la maison de mes parents. Une trilogie familiale, *Lydia Flem*
P5135. Le Grand Cahier. Une trilogie, *Agota Kristof*
P5136. Roland Furieux, tome 1, *L'Arioste*
P5137. Roland Furieux, tome 2, *L'Arioste*
P5138. Frères sorcières, *Antoine Volodine*
P5139. Mes biens chères soeurs, *Chloé Delaume*
P5140. Vivre ensemble, *Émilie Frèche*
P5141. Voyou, *Itamar Orlev*
P5142. L'Abattoir de verre, *John Maxwell Coetzee*
P5143. Kiosque, *Jean Rouaud*
P5144. État de nature, *Jean-Baptiste Froment*
P5145. Le Petit Paradis, *Joyce Carol Oates*
P5146. Trahison, *Joyce Carol Oates*
P5147. Marcher jusqu'au soir, *Lydie Salvayre*
P5148. Et j'abattrai l'arrogance des tyrans *Marie-Fleur Albecker*
P5149. Projet Starpoint, tome 1, La Fille aux cheveux rouges *Marie-Lorna Vaconsin*
P5150. Que le diable m'emporte, *Marie MacLane*
P5151. Ombres sur la Tamise, *Michael Ondaatje*
P5152. Pourquoi je déteste les enfants, *Robert Benchley*
P5153. Dans le faisceau des vivants, *Valérie Zenatti*
P5154. L'Oiseau Parker dans la nuit, *Yannick Lahens*
P5155. Formulaires, *Mohammed Dib*
P5156. La Faille du temps, *Jeanette Winterson*
P5157. Nous habitons la Terre, *Christiane Taubira*
P5158. Edgar Morin : l'indiscipliné, *Emmanuel Lemieux*
P5159. Set the Boy Free, *Johnny Marr*
P5160. Le Magot. Fourniret et le gang des Postiches : mortelle rencontre, *Patricia Tourancheau*
P5161. La Nuit du revolver, *David Carr*
P6162. Omar et Greg, *François Beaune*
P5163. Honorer la fureur, *Rodolphe Barry*
P5164. Les Minots, *Romain Capdepon*
P5165. Aux confins de l'Eldorado. La Boudeuse en Amazonie *Gérard Chaliand*

P5166. Vivre libre, *Henry de Monfreid*
P5167. Diskø, *Mo Malø*
P5168. Sombre avec moi, *Chris Brookmyre*
P5169. Les Infidèles, *Dominique Sylvain*
P5170. L'Agent du chaos, *Giancarlo De Cataldo*
P5171. Le Goût de la viande, *Gildas Guyot*
P5172. Les Effarés, *Hervé Le Corre*
P5173. J'ai vendu mon âme en bitcoins, *Jake Adelstein*
P5174. La Dame de Reykjavík, *Ragnar Jónasson*
P5175. La Mort du Khazar rouge, *Shlomo Sand*
P5176. Le Blues du chat, *Sophie Chabanel*
P5177. Les Mains vides, *Valerio Varesi*
P5178. La Cage, *Lilja Sigurðardóttir*
P5179. Éthique du samouraï moderne. Petit manuel de combat pour temps de désarroi, *Patrice Franceschi*
P5180. Maître du Oui, *Svâmi Prajñânpad*
P5181. Wabi Sabi. L'art d'accepter l'imperfection *Tomás Navarro*
P5182. Très chère Valentine, *Adriana Trigani*
P5183. La Partition, *Diane Brasseur*
P5184. Château de femmes, *Jessica Shattuck*
P5185. Les Âmes silencieuses, *Mélanie Guyard*
P5186. Le Cartographe des Indes boréales, *Olivier Truc*
P5187. Les Méandres du Nil, *Robert Solé*
P5188. Les Photos d'Anny, *Anny Duperey*
P5189. Chambre 128, *Cathy Bonidan*
P5190. East Village Blues, *Chantal Thomas*
P5191. La Revenue, *Donatella di Pietrantonio*
P5192. En tenue d'Eve. Histoire d'une partie d'échecs *Eve Babitz*
P5194. La Petite fille au tambour, *John Le Carré*
P5195. Floride, *Lauren Groff*
P5196. La Transparence du temps, *Leonardo Padura*
P5197. Pour l'amour des livres, *Michel Le Bris*
P5198. Le Chemin de la mer. Et autres nouvelles *Patrice Franceschi*
P5199. Transit, *Rachel Cusk*
P5200. Un petit coup de jeune, *Thierry Bizot*
P5201. L'Amour est aveugle. Le ravissement de Brodie Moncur *William Boyd*
P5202. Titayna : l'aventurière des années folles *Benoît Heimermann*
P5203. La Mer pour aventure, *Collectif*
P5204. Lawrence d'Arabie. Le désert et les étoiles *Flora Armitage*
P5205. Travelling. Un tour du monde sans avion *Tangy Viel, Christian Garcin*

P5206. Va où il est impossible d'aller. Mémoires, *Costa-Gavras*
P5207. Tous les films sont politiques. Pour Costa-Gavras *Edwy Plenel*
P5208. Marthe Richard ou les beaux mensonges *Nicolas D'Estienne d'Orves*
P5209. Les Imprudents. Sur les traces des résistants du maquis Bir-Hakeim, *Olivier Bertrand*
P5210. Maudits mots. La fabrique des insultes racistes *Marie Treps*
P5211. Les Mots du football, *Vincent Duluc*
P5212. En marge, *Silvia Baron Supervielle*
P5213. Le Cœur et la Chair, *Ambrose Parry*
P5214. Dernier Tacle, *Emmanuel Petit, Gilles Del Pappas*
P5215. Crime et Délice, *Jonathan Kellerman*
P5216. Le Sang noir des hommes, *Julien Suaudeau*
P5217. À l'ombre de l'eau, *Maïko Kato*
P5218. Vik, *Ragnar Jónasson*
P5219. Koba, *Robert Littell*
P5220. Le Dernier Thriller norvégien, *Luc Chomarat*
P5222. Steak machine, *Geoffrey Le Guilcher*
P5224. Petit Traité de bienveillance envers soi-même *Serge Marquis*
P5225. Sex & Rage, *Eve Babitz*
P5226. Histoire de ma vie, *Henry Darger*
P5227. Hors-bord, *Renata Adler*
P5228. N'oublie pas de te souvenir, *Jean Contrucci*
P5229. Mur méditerranée, *Louis-Philippe Dalembert*
P5230. La Débâcle, *Romain Slocombe*
P5231. À crier dans les ruines, *Alexandra Koszelyk*
P5233. Nuit d'épine, *Christiane Taubira*
P5234. Les Fillettes, *Clarisse Gorokhoff*
P5235. Le Télégraphiste de Chopin, *Eric Faye*
P5236. La Terre invisible, *Hubert Mingarelli*
P5237. Une vue exceptionnelle, *Jean Mattern*
P5238. Louvre, *Josselin Guillois*
P5239. Les Petits de décembre, *Kaouther Adimi*
P5240. Les Yeux rouges, *Myriam Leroy*
P5241. Dévorer le ciel, *Paolo Giordano*
P5242. Amazonia, *Patrick Deville*
P5243. La Grande à bouche molle, *Philippe Jaenada*
P5244. L'Heure d'été, *Prune Antoine*
P5245. Pourquoi je déteste l'économie, *Robert Benchley*
P5246. Cora dans la spirale, *Vincent Message*
P5247. La Danse du roi, *Mohammed Dib*
P5248. Il était une fois dans l'Est, *Arpád Soltész*
P5249. La Tentation du pardon, *Donna Leon*

P5250. Ah, les braves gens !, *Franz Bartelt*
P5251. Crois-le !, *Patrice Guirao*
P5252. Lyao-Ly, *Patrice Guirao*
P5253. À sang perdu, *Rae DelBianco*
P5254. Mémoires vives, *Edward Snowden*
P5255. La Plus Belle Histoire de l'intelligence
Stanislas Dehaene, Yann Le Cun, Jacques Girardon
P5256. J'ai oublié, *Bulle Ogier, Anne Diatkine*
P5257. Endurance. L'incroyable voyage de Shackleton
Alfred Lansing
P5258. Le Cheval des Sforza, *Marco Malvaldi*
P5259. La Purge, *Arthur Nesnidal*
P5260. Eva, *Arturo Pérez-Reverte*
P5261. Alex Verus. Destinée, tome 1, *Benedict Jacka*
P5262. Alex Verus. Malediction, tome 2, *Benedict Jacka*
P5263. Alex Verus. Persécution, tome 3, *Benedict Jacka*
P5264. Neptune Avenue, *Bernard Comment*
P5265. Dernière Sommation, *David Dufresne*
P5266. Dans la maison de la liberté, *David Grossman*
P5267. Le Roman de Bolaño, *Gilles Marchand, Eric Bonnargent*
P5268. La Plus Précieuse des marchandises. Un conte
Jean-Claude Grumberg
P5269. L'avenir de la planète commence dans notre assiette
Jonathan Safran Foer
P5270. Le Maître des poupées, *Joyce Carol Oates*
P5271. Un livre de martyrs américains, *Joyce Carol Oates*
P5272. Passe-moi le champagne, j'ai un chat dans la gorge
Loïc Prigent
P5273. Invasion, *Luke Rhinehart*
P5274. L'Extase du selfie. Et autres gestes qui nous disent
Philippe Delerm
P5275. Archives des enfants perdus, *Valeria Luiselli*
P5276. Ida, *Hélène Bessette*
P5277. Une vie violente, *Pier Paolo Pasolini*
P5278. À cinq ans, je suis devenue terre-à-terre, *Jeanne Cherhal*
P5279. Encore plus de bonbons sur la langue. Le français
n'a jamais fini de vous surprendre !, *Muriel Gilbert*
P5280. L'Ivre de mots, *Stéphane de Groodt*
P5281. The Flame, *Leonard Cohen*
P5282. L'Artiste, *Antonin Varenne*
P5283. Les Roses de la nuit, *Arnaldur Indridason*
P5284. Le Diable et Sherlock Holmes, *David Grann*
P5285. Coups de vieux, *Dominique Forma*
P5286. L'Offrande grecque, *Philip Kerr*
P5287. Régression, *Fabrice Papillon*
P5288. Un autre jour, *Valentin Musso*

P5289. La Fabrique du crétin digital, *Michel Desmurget*
P5290. Le Grand Manipulateur. Les réseaux secrets de Macron
Marc Endeweld
P5291. Vieillir ensemble. Un tour du monde des solutions qui rapprochent les générations
Clément Boxefeld, Julia Chourri
P5292. La vie est une célébration, *Mata Amritanandamayi*
P5293. Les Plus Beaux Contes zen, *Henri Brunel*
P5295. L'Indomptée. La papesse Jeanne, *Donna Cross*
P5296. Au cœur de la violence, *Edouard Louis*
P5297. Querelle, *Kevin Lambert*
P5298. Ordesa, *Manuel Vilas*
P5299. Papa, *Régis Jauffret*
P5300. Un peu, beaucoup, passionnément, à la folie, pas du tout
Alice Munro
P5301. Ainsi parlait ma mère, *Rachid Benzine*
P5302. Lake Success, *Gary Shteyngart*
P5303. L'Ombre d'un père, *Christoph Hein*
P5304. Nino dans la nuit, *Simon Johannin, Capucine Johannin*
P5305. Zébu Boy, *Aurélie Champagne*
P5306. Monsieur le Commandant, *Romain Slocombe*
P5307. Le Bureau des jours perdus et Autres Récits étranges
Eric Faye
P5308. Ces îles de plein sel et autres poèmes
Louis-Philippe Dalembert
P5309. Habitant de nulle part, originaire de partout
Souleymane Diamanka
P5310. Hammett Détective, *Stéphanie Benson, Benjamin et Julien Guérif, Jérôme Leroy, Marcus Malte, Jean-Hugues Oppel, Benoît Séverac, Marc Villard, Tim Willocks*
P5311. L'Arbre aux fées, *B. Michael Radburn*
P5312. Le Coffre, *Jacky Schwartzmann, Lucian-Dragos Bogdan*
P5313. Le Manteau de neige, *Nicolas Leclerc*
P5314. L'Île au secret, *Ragnar Jónasson*
P5315. Sous les eaux noires, *Lori Roy*
P5316. La Chute du monstre. Marseille année zéro
Philippe Pujol
P5317. Lesbos, la honte de l'Europe, *Jean Ziegler*
P5318. Algérie. La nouvelle indépendance, *Jean-Pierre Filiu*
P5319. L'Effet maternel, *Virginie Linhart*
P5320. L'Amour, le rôle de notre vie. Rééduquer les cœurs
Sarah Serievic
P5321. Comme au cinéma, *Fiona Kidman*
P5322. La Déesse des mouches à feu, *Geneviève Pettersen*
P5323. Dé mem brer, *Joyce Carol Oates*
P5324. Conversations entre amis, *Sally Rooney*

P5325. Tous les hommes n'habitent pas le monde de la même façon, *Jean-Paul Dubois*
P5326. La Leçon de ténèbre, *Léonor de Récondo*
P5327. Disparaître, *Mathieu Menegaux*
P5328. Le Cercle des hommes, *Pascal Manoukian*
P5329. Il y a un seul amour, *Santiago H. Amigorena*
P5330. Solénoïde, *Mircea Cărtărescu*
P5331. « La vraie vie est absente ». Et autres fragments rimbaldiens. *Suivi du* Dictionnaire homo-érotique *Arthur Rimbaud, Frédéric Martel*
P5332. Un participe qui ne passe pas, *Bernard Cerquiglini*
P5333. La Monnaie des songes et autres recueils *Marie-Christine Gordien*
P5334. Une jupe trop courte. Récits de la cuisine, *Sofi Oksanen*
P5335. L'Homme aux murmures, *Alex North*
P5336. Jeux de dames, *André Buffard*
P5337. Les Fantômes de Reykjavik, *Arnaldur Indridason*
P5338. La Défaite des idoles, *Benjamin Dierstein*
P5339. Les Ombres de la toile, *Christopher Brookmyre*
P5340. Dry Bones, *Craig Johnson*
P5341. Une femme de rêve, *Dominique Sylvain*
P5342. Les Oubliés de Londres, *Eva Dolan*
P5343. Chinatown Beat, *Henry Chang*
P5344. Sang chaud, *Kim Un-Su*
P5345. Si tu nous regardes, *Patrice Guirao*
P5346. Tu vois !, *Patrice Guirao*
P5347. Du sang sur l'asphalte, *Sara Gran*
P5348. Cool Killer, *Sébastien Dourver*
P5349. City of Windows, *Robert Pobi*
P5350. L'Avenir des simples, *Jean Rouaud*
P5351. La Solitude de François, *Marco Politi*
P5352. Jenny Bel'Air, une créature, *François Jonquet*
P5353. Sororité, *Chloé Delaume, Collectif*
P5354. Le Regard féminin. Une révolution à l'écran, *Iris Brey*
P5355. Le Sexe selon Maïa. Au-delà des idées reçues *Maïa Mazaurette*
P5356. Testo Junkie. Sexe, drogue et biopolitique *Paul B. Preciado*
P5357. Heureux et Grincheux. 108 conseils d'un moine bouddhiste pour profiter de la vie, *Ajahn Brahm*
P5358. Voyage sans cartes, *Graham Greene*
P5359. La Folle Équipée, *Patrice Franceschi*
P5360. Là où chantent les écrevisses, *Delia Owens*
P5361. La Redoutable Veuve Mozart, *Isabelle Duquesnoy*
P5362. Les Trois Filles du Capitán, *Maria Duenas*
P5363. América, *Michel Moutot*

P5364. Cités à la dérive, I. Le cercle, *Stratis Tsirkas*
P5365. Cités à la dérive, II. Ariane, *Stratis Tsirkas*
P5366. Cités à la dérive, III. Ariane, *Stratis Tsirkas*
P5367. Alta Rocca, *Philippe Pujol*
P5368. Café Vivre. Chroniques en passant, *Chantal Thomas*
P5369. Victor Kessler n'a pas tout dit, *Cathy Bonidan*
P5370. Projet Starpoint, tome 2, *Marie-Lorna Vaconsin*
P5372. Retour de service, *John le Carré*
P5373. Coupable de tout, *Herbert Huncke*
P5374. La Vie vagabonde, *Lawrence Ferlinghetti*
P5375. De l'urgent, du presque rien et du rien du tout *Olivier de Kersauson*
P5376. Nous ne trahirons pas le poème. Et autres recueils *Rodney Saint Eloi*
P5377. Le Chant du collectionneur de pierres. Et autres recueils *Sjón*
P5378. Angkar, *Christian Blanchard*
P5379. Que tombe le silence, *Christophe Guillaumot*
P5380. Nuuk, *Mo Malø*
P5381. Or, encens et poussière, *Valerio Varesi*
P5382. Le Goût du rouge à lèvres de ma mère, *Gabrielle Massat*
P5383. Richesse oblige, *Hannelore Cayre*
P5384. Breakdown, *Jonathan Kellerman*
P5385. Mauvaise graine, *Nicolas Jaillet*
P5386. Le Séminaire des assassins, *Petros Markaris*
P5387. Y. La Trilogie de K, *Serge Quadruppani*
P5388. Norlande, *Jérôme Leroy*
P5389. Trahison, *Lilja Sigurdardóttir*
P5390. Noire n'est pas mon métier, *Collectif*
P5391. Lady Lucille, *Gilles Lhote*
P5392. Le Journal de Frank Berton, *Elsa Vigoureux*
P5393. Harry et Meghan, libres *Caroline Durand, Omid Scobie*
P5394. Chroniques de l'homme d'avant, *Philippe Lançon*
P5395. Tomber amoureux de ce qui est, *Jeff Foster*
P5396. Amelia. Le fascinant destin de la plus grande aviatrice du monde, *Bernard Marck*
P5397. Un art de parcourir le monde. Paris - Hong Kong à vélo. 11 155 km, 371 jours, 23 pays, *Florian Coupé*
P5398. Les Aventurières du ciel, *Katell Faria*
P5399. Un promeneur solitaire dans la foule *Antonio Muñoz Molina*
P5400. Le Hêtre et le Bouleau, *Camille de Toledo*
P5401. Oublier, trahir puis disparaître, *Camille de Toledo*
P5402. Le Cœur synthétique, *Chloé Delaume*
P5403. Incident au fond de la galaxie, *Etgar Keret*

P5404. Par les écrans du monde, *Fanny Taillandier*
P5405. Un crime sans importance, *Irène Frain*
P5406. Retour à Ithaque, *Leonardo Padura*
P5407. Les Lionnes, *Lucy Ellemann*
P5408. Ce que nous avons perdu dans le feu, *Mariana Enriquez*
P5409. La Trajectoire des confettis, *Marie-Ève Thuot*
P5410. Le Temps gagné, *Raphael Enthoven*
P5411. Personne ne sort les fusils, *Sandra Lucbert*
P5412. Saturne, *Sarah Chiche*
P5413. Des jours sauvages, *Xabi Molia*
P5414. Avant les diamants, *Dominique Maisons*
P5415. Je parle comme je suis. Ce que nos mots disent de nous *Julie Neveux*
P5416. Le Désir que j'ai, *Alain Veinstein*
P5417. Juste après la pluie, *Thomas Vinau*
P5418. Le Bal des porcs, *Arpád Soltész*
P5419. Après le jour, *Christophe Molmy*
P5420. Quand un fils nous est donné, *Donna Leon*
P5421. Sigló, *Ragnar Jónasson*
P5422. La Gestapo Sadorski, *Romain Slocombe*
P5423. Slow Démocratie. Comment maîtriser la mondialisation et reprendre notre destin en main, *David Djaiz*
P5424. Qui veut risquer sa vie la sauvera. Mémoires *Jean-Pierre Chevènement*
P5425. Un temps troublé, *Lionel Jospin*
P5426. Le Désastre de l'école numérique. Plaidoyer pour une école sans écrans, *Philippe Bihouix, Karine Mauvilly*
P5427. Rumeurs d'Amérique, *Alain Mabanckou*
P5428. 209 rue Saint-Maur, Paris X^e^. Autobiographie d'un immeuble, *Ruth Zylberman*
P5429. Les Alpinistes de Staline, *Cédric Gras*
P5430. Le Massacre des indiens, *Lucien Bodard*
P5431. Son Corps et Autres Célébrations *Carmen Maria Machado*
P5432. L'Imposture, *Georges Bernanos*
P5433. La Joie, *Georges Bernanos*
P5434. Rachel et les Siens, *Metin Arditi*
P5435. Mon Père et ma Mère, *Aharon Appelfeld*
P5436. Fun Home. Une tragicomédie familiale, *Alison Bechdel*
P5437. C'est toi Maman ? : un drame comique, *Alison Bechdel*
P5438. Complicités animales : 70 histoires vraies, *Anny Duperey, Jean-Philippe Noël*
P5439. Sabotage, *Arturo Pérez-Reverte*
P5440. Chaud brûlant, *Bill Buford*
P5441. L'Infinie Comédie, *David Foster Wallace*
P5442. La vie joue avec moi, *David Grossman*

P5443. Sous l'eau, *Deborah Levy*
P5444. Femme à la fenêtre, *Joyce Carol Oates*
P5445. Ma vie de cafard, *Joyce Carol Oates*
P5446. Les Calendriers, *Robert Cottard*
P5447. Et tournera la roue, *Selahattin Demirta*
P5448. San Michele : récit, *Thierry Clermont*
P5449. Cet amour-là, *Yann Andréa*
P5450. Je voudrais vous parler de Duras. Entretien avec Michèle Manceaux, *Yann Andréa*
P5451. À mains nues, *Amandine Dhée*
P5452. Étoile distante, *Roberto Bolaño*
P5453. La Littérature nazie en Amérique, *Roberto Bolaño*
P5454. L'Esprit de la science-fiction *suivi de* Les Déboires du vrai policier, *Roberto Bolaño*
P5470. Une saison dans la vie d'Emmanuel, *Marie-Claire Blais*
P5471. Anthologie de la répartie. Les 1 000 meilleures répliques, *Julien Colliat*
P5472. Vous reprendrez bien... Un bonbon sur la langue ? Partageons le français et ses curiosités !, *Muriel Gilbert*
P5473. L'Emprise du chat, *Sophie Chabanel*
P5474. Somb, *Max Monnehay*
P5475. Le Village perdu, *Camilla Sten*
P5476. Miarka, *Antoine de Meaux*
P5477. Chaudun, la montagne blessée, *Luc Bronner*
P5478. Un art de vivre et d'aimer par temps de catastrophe *Jean-Yves Leloup*
P5479. Respire, tu es vivante. De Lhassa à l'Everest, une aventure écologique et spirituelle *Marion Chaygneaud-Dupuy*
P5480. Amma. Celle qu'on attendait, *Pierre Lunel*
P5481. Le Tour du monde en 80 livres, *Marc Wiltz*
P5704. Le Corps des femmes. La bataille de l'intime *Camille Froidevaux-Metterie*
P5705. Un appartement sur Uranus, *Paul. B Preciado*
P5706. Ces hommes qui m'expliquent la vie, *Rebecca Solnit*
P5707. Les Couilles sur la table, *Victoire Tuaillon*
P5800. Paris, *Emile Zola, Edwy Plenel*
P5801. Trois Contes, *Gustave Flaubert, Aurélia Michel*
P5802. Lettres persanes, *Montesquieu, Alain Suppiot*
P5803. De l'amour, *Stendhal, Geneviève Fraisse*
P6000. Nu avec Picasso, *Enki Bilal*
P6001. Lartigue, la vie en couleurs, *Jacques Henri Lartigue, Martine D'Astier, Martine Ravache*
P6002. New York, aller et retour, *Raymond Depardon, Philippe Séclier*